그래도 사랑이더라!

그래도
사랑이더라!

초판 1쇄 인쇄 2013년 08월 23일
초판 1쇄 발행 2013년 08월 29일

지은이 이 순 애
펴낸이 손 형 국
펴낸곳 (주)북랩
출판등록 2004. 12. 1(제2012-000051호)
주소 153-786 서울시 금천구 가산디지털 1로 168,
우림라이온스밸리 B동 B113, 114호
전화번호 (02)2026-5777
팩스 (02)2026-5747 ·

ISBN 979-11-5585-002-2 03810

이 도서의 국립중앙도서관 출판시도서목록(CIP)은 서지정보유통지원시스템 홈페이지(http://seoji.
ni.go.kr)와 국가자료공동목록시스템(http://www.ni.go.kr/kolisnet)에서 이용하실 수 있습니다.
(CIP제어번호 : 2013015833)

그래도
사랑이더라

이순애 지음

book Lab

프롤로그

보석 같은 딸 셋이 인생의 반쪽을 찾아 2년 만에 다 내 곁을 훌쩍 떠나버리고 그즈음 오래 다니던 직장도 사정상 그만 두게 되자 여기저기서 건강의 적신호가 들어왔다. 거기다가 갱년기 우울증까지 겹쳐 무척이나 힘들어할 때 가끔씩 친정에 온 둘째딸이 나의 눈높이에 맞춰 컴퓨터를 가르쳐 주었다. 한 가지를 배우면 그것이 완벽히 내 것이 될 때까지 혼자 밤낮으로 반복했었다. 둘째딸은 나에게 한 가지를 가르쳐 주면 열 가지를 안다고 '천재아줌마'라는 별명을 붙여 주었다. "우리 엄마 최고! 천재아줌마 최고!"라고 말이다.

나 스스로에게 거는 기대는 63빌딩만큼이나 높고 크다. 인터넷세상을 알게 되면서 이름도, 성도, 얼굴도 모든 게 생소하기만 한 이웃들을 벗 삼아 좋은 소식, 좋은 정보를 교환하고 지내는 블로그 활동도 하고 보니 기쁨도 마음껏 누리고 너무 진한 행복함을 느끼기도 한다.

난 늘 책을 내 심장 같이 좋아하고 즐겨본다. 책은 말이 없지만 열 명의 친구보다 더 좋다고 생각한다. 또 글쓰기를 좋아하다 보니 내가 살아온 인생을 자서전으로 내고 싶었다. 갱년기 우울증으로 힘든 시간을 보낼 때 신경과 교수와 상담하면서 자서전 계획을 이야기하니 마음에 좋은 영향을 줄 것이라고 적극 권하시기에 더 용기를 얻었다.

나는 여기저기서 받은 많은 상처와 흉터를 치유하려는 의미에서 내 인생을 뒤돌아보며 이 글을 시작하고 이 책을 내려 한 걸음 내딛었다. 하지만 막상 책을 내려고 했을 때 생각지도 않았던 세 딸들의 반대라는 난관에 봉착하게 되었다. 엄마의 삶은 응원하지만, 엄마가 살아온 평탄치만은 않았던 인생굴곡이 세상에 알려지는 것이, 책 속에 담긴 그 많은 일들이, 애들이 납득하기에는 꽤 어려웠던 모양이다.

그런데도 끝까지 응원해준 나의 세 딸들과 이 책이 세상에 나오도록 애써 주신 북랩출판사 여러분에게 깊은 감사의 마음을 전한다.

2013년 어느 더운 날

이 순 애

여름내 푸르게 걸쳤던 옷을 홀홀 벗어버리고 알몸인 앙상한 나뭇가지들. 심술궂은 겨울바람 부는 대로 이리저리 부딪히고 소름끼치는 무서운 겨울밤에 이따금 뒤뜰에 가랑잎 구르는 소리만이 바스락거릴 뿐. 마루 밑에 짓든 개도 무겁게 내리 누르는 눈꺼풀의 졸음을 참지 못해 고개를 끄떡이고 옛 선비들이 개나리 보따리 등에 매고 과거 보러 넘나들던 문경새재.

산새가 매우 높은 주흘산의 정기를 한 줄기 받고 아버님 전에 뼈를 빌고 어머님 전에 살을 빌어 대우주의 모든 만물이 막 잠들려는 춥디추운 동지섣달 음력 12월 25일 늦은 밤, 인간으로 환생해 일곱 빛깔 무지개같이 한세상 살아보겠다고 온갖 분비물에 뒤덮인 지저분한 몰골로 세상에 내가 태어났건만 아들을 많이 기다리고 기대하셨을 텐데 또 딸 낳았다고 내 평생에는 아들이 없나 보다고 할아버지께서 노발대발 난리를 치셨다 했다.

하늘과 땅이 순서가 뒤바뀌는 듯한 고통 속에 사경을 헤매다 낳은 아이건만, 최신식 폭파 기법으로 순식간에 붕괴된 고층 건물처럼 나의 어머니는 무너졌을 것이다. 할아버지 노여움에 숨죽여 걸레처럼 구겨진 핏덩이인 나를 심각하게 내려다보고는 소리 죽여 껙껙거리며 통곡을 하셨을 것이다. 모두에게 축복받아야 하는데도 불구하고 아들 아닌 딸이라고……. 그 말의 이유는 아버지의 큰아버지께서 아들이 없고 딸만 셋 두셔서 아버지가 큰아버지의 양자로 오셨다 했다.

나는 아버지 어머니 슬하에 2남 6녀 중 둘째 딸로 태어났다. 언니가 약하게 태어나 병치레를 너무 많이 해 죽는 줄로만 알았다 하셨다. 그리고 나를 낳고 동지섣달 긴긴밤에 밤잠을 모르고 지냈다. 일가친척 중 누가 산모 밥을 해 주려고 오면 할아버지께 쫓겨 갔다고 한다.

옆집의 같은 또래 남자아이가 젖이 모자라서 내가 먹을 젖을 나누어 먹었다. 봄에 조밭 김을 매는데 밭고랑이 너무 길어서 한 번 나갔다 되돌아 와야만 내가 운다고 젖을 줄 수가 있었다. 그 안에 내가 아무리 울어대도 절대 젖을 주러 나올 수가 없었다. 어려서 젖 먹을 때 젖배를 많이도 곯았다. 그래서 커서도 늘 배고픈 걸 자지러지게도 못 참는다는 말을 귀가 따갑게 들었다.

그리고 세월이 흘러 남동생이 태어나니 뒷손 잘 보았다고 난 할아버지에게 조선 천지에 다시없는 존재가 되었다. 항상 할아버지 옆에서 온갖 사랑을 독차지하였다. 할아버지는 밤낮으로 나를 옆에다 끼고 사셨다 한다. 너무나 순하고 착하다고 온갖 귀여움과 사랑을 더 받았다고 한다.

그 당시는 웬만해서 병원을 잘 모르고 살던 때라도 우리 할아버지는 내가 어디 조금만 아파도 십리 길도 마다 않으시고 등에 업고 달려가 병원 치료를 받게 하셨다. 이런 많은 이야기를 부모님은 물론 집안 친척과 이웃분 들에게 너무도 많이 들었다.

죽을 고비도 여러 번 넘겼다 했다. 한번은 엉금엉금 기어 다닐 때 더운 여름날 쇠로 만든 큰 가마솥에 빨래를 삶는데 그 솥에 기어가

양잿물 덩어리를 입에 넣고 울고불고하다가 엄마 눈에 띄어 살았다. 학교 들어가기 전, 큰집 큰 잔치에 사촌들과 좁은 뒷마루에서 놀다가 할아버지가 산에서 약초 캐어와 말리는 걸 배나무 밑에 떨어진 돌배라 생각하고 먹다가 난리 나고 혼난 일도 있었다. 또 여섯 살 차이 나는 고모가 나를 등에 업고 물가에 가 내려놓고 놀다가 내가 물에 떠내려가는 걸 동네 아주머니가 발견해 살려 주신 일 등등······.

할아버지 살아 계실 적엔 나와 남동생 둘은 할아버지의 유별난 사랑을 독차지하였다. 집안 친척분들이나 동네에서나 소문이 자자하였다. 그런데 문제는 할아버지 돌아가시고였단다.

　고래 싸움에 새우 등 터진다고 나는 언니랑 싸워도 부모님은 언니 편이고, 남동생과 싸워도 동생 편이고 해서 난 어린 나이에도 너무나 서러움을 느꼈다.

　막내 고모가 우리 형제랑 나이 차가 얼마 나지 않아 같이 자랐다. 그런데 육 년 차이 나는 고모가 우리 엄마에게 딸이 아닌 시누이로서 좋은 대접 못 받으며 지냈다. 난 어린 나이에도 언니와 나는 엄마가 있는데 울 고모는 엄마가 없어서 얼마나 가여운지를 알았다.

　그때부터 난 고모에게 잘 대해 주고 무척 따랐다. 엄마보다 더 많이 따랐다. 초등학교에 다니면서 먹을 게 생기면 몰래 숨겨와 고모에게 갖다 주곤 했다. 밤에 고모가 나 몰래 놀러 나가면 올 때까지 마루 구석에 쪼그리고 앉아 기다렸다 같이 자기도 했다.

　고모랑 유별난 사이라고 언니랑 엄마는 나를 많이 미워했다. 그러다 고모가 시집을 가 버렸다. 내가 많이 우니까 저년 고모 가마 속에 넣어서 보내지, 라고 엄마가 말씀하셨다. 난 어려서 엄마의 따뜻하고 포근한 사랑을 받아본 기억이 별로 없다.

　언니도 어려서부터 내게 못되게 굴었다. 무슨 일이든 쉬운 거는 자기가 하고 어렵고 힘든 일은 나에게 시켰다. 엄마나 고모는 우리가 초등학교 다닐 적에 학교 갔다 와서 먹으라고 밥을 큰 가마솥 속에 따뜻하게 넣어두셨다. 그러면 언니가 학교 갔다가 집에 먼저 오면 내가 먹을 밥을 남겨두지 않아서 많이 싸우기도 했다.

부모님은 십 리 길의 거리를 걸어서 장에 가시면 언제나 저녁 무렵에나 돌아오시곤 하셨다. 한번은 언니랑 내가 집을 보는데, 언니는 마루에 앉아 놀면서 나보고 마당을 쓸라고 하는 등 이거저거 일을 많이 시켰다. 내가 반항을 하니 마당에 있는 싸리 빗자루로 내 종아리를 힘껏 내리쳐 금방 피멍이 들고 피가 흘러서 또 한바탕 싸움과 소동이 벌어졌다.

자라면서 우리 자매는 지긋지긋하게 너무나 살벌하게 많이 싸웠다. 언니는 자상하고 다정하게 동생을 잘 보살피는 그런 언니가 아니었다. 언니가 결혼하기 직전까지 난 언니 이름을 부르고 반말을 하며 지냈다.

나는 겉으로도 너무나 순하고 얌전하고 착하다는 말을 주위에서 많이 들었다. 난 내 맘속에 천사같이 착하고 바른생활 책 같은 마음이 크게 차지하고 있다는 것도 잘 안다.

03

우리 집은 남들보다 부자라서 일이 많았다. 봄, 가을 사 개월씩 누에를 뽕잎 먹여 길러 고치를 만들어 팔고는 했다. 고치 안의 애벌레가 번데기다. 그런데 문제는 난 그 누에가 징그러워 만지지를 못하는 데서 시작된다.

초등학교 다닐 적 일이다.

누에를 못 만지는 탓으로 분주히 방이 아닌 마당에서 돌아다니며 온갖 궂은일은 다 맡아 놓고 했다. 싸리나무 가지를 가로로 놓고 세로로 놓고 직사각형으로 만든 채반에다 종이를 깔아서 엄마나 언니에게 갖다 주면, 뽕잎 먹고 남은 찌꺼기 갈아주는 일을 엄마 언니는 가만히 방에 앉아서 했다.

난 부엌에 가 더운데 불을 때서 밥을 하고 국을 끓였다. 또 끈 달린 대바구니를 어깨에 메고 뽕나무 밭에 가 어깨가 멍이 들 정도로 뽕잎을 가득 따서 집에 왔다. 방 쓸고 걸레 빨아 엎드려 기어 다니면서 청소도 했다.

그러다가 어쩌다 투정이라도 부리면 어김없이 언니가 누에를 한 움큼 쥐고 와 내게 안겨 줬다. 그러면 난 징그러워 소스라치게 놀라 울고불고 한바탕 소동이 벌어졌다. 학교 다니면서 집에 오면 언제나 나는 언니처럼 꾀와 요령을 부리지 못해 일을 더 많이 했다.

그러다 학교를 졸업하고 상급학교에 더 다닐 수 있었는데도 그때만 해도 상급학교에 가려면 별도로 남아서 공부를 더 하였다. 그런데 공부를 얼마나 호되고 빡세게 매 맞아 가면서 하는지 무서워서 학업을 더 이상 도전하지 못하고 말았다.

졸업식을 며칠 앞두고 앨범대니 뭐니 몇 가지 돈을 내야 할 게 있어서 종이쪽지에 메모해 아버지 앞에 내밀었다. 그런데 아버지는 "이게 졸업하는 글씨냐? 돈 못 줘!" 하시면서 밖으로 휙 나가셨다. 어린 나도 어디서 그런 대담한 성격이 나왔는지 맹랑하게 글씨 못쓴다고 꾸중을 하시는 아버지에게 매달려 사정하고 싶지 않았다. 어린 나이에 반발심이 생겨서 무슨 배짱인지 학교도 안 가고 버티다 결국엔 졸업식에도 참석하지 못하고 말았다.

며칠 후, 담임선생님이 앨범을 들고 우리 집에 찾아 오셨다. 이 정도는 사 주실 만한데 아이를 졸업식에 참석하지 못하게 해서 되겠느냐며 앨범과 졸업장을 두고 가셨다고 밖에서 놀다가 집에 오니 엄마가 이야기하셨다.

그 사건이 내게는 큰 상처가 되어, 검은 머리 파 뿌리가 다 되어 가는 지금에도 잊을 수 없는 한이 되어 내 가슴 한쪽에 동그라니 생생하게 자리 잡고 있다. 배움에 있어서도 많이 배워 문학의 길을 가지 못함도 두고두고 너무나 큰 한이 된다.

어려서 내가 객지에 나갈 때까지 엄마나 언니는 나에게 좋은 추억과 좋은 인상을 남겨 주지 못했다. 차별 대우하는 엄마나, 깍쟁이 못된 언니로만 기억에 남아 별로 정이 없었다.

초등학교 졸업 후 더 넓은 도시로 나가 뭔가를 배우고 싶었다. 그래서 열여덟 살에 낯설고 물선 타관 객지에 육촌 언니 집에 가서 틈틈이 집안일도 도와가며 3개월 동안 미용학원에 다니면서 기술을 익혔다.

그러고는 다시 시집간 막내 고모네 집 가까이에 있는 미용실에 다녔다. 한 일 년 동안은 착실하고 열심히 인정을 받아가며 잘 다녔다. 그러면서도 밤에 잠자던 방에서 연탄가스에 취해 죽을 고비를 넘긴 적도 있었다.

나라는 인생살이가 평탄치는 않았다. 직장을 옮겨 지내다 보면 이게 아닌데, 하고 생각되면 자리를 옮겨야 했다. 자리는 금방 구해졌다.

또 남동생과 이런 일도 있었다. 남동생이 고등학교에 다니는데 같이 지내며 뒷바라지를 해주라며 내 직장 가까이에 부모님이 방을 하나 얻어주셨다. 그런데 나는 한 달도 안 되어 나대로 먼 직장을 구해 가버렸다. 동생은 어쩔 수 없이 집으로 들어가 먼 학교를 기차로 통학을 했다. 그래서 부모님과 동생은 나를 미워하고 증오하기 시작했다.

동서남북 골고루 다니면서 내 방랑 생활이 시작됐다. 그러다 정신을 차리고 보니 내가 왜 이리 살아야 하나, 하는 생각이 들었다. 답답한 마음에 보살 집을 찾아가면 역마살이 끼어 부모 형제 고향산천 일찍이 등지고 타관 객지 떠도는 사주에다, 외로운 사주라 했다.

스물세 살까지 버는 대로 모으지 않고 방탕한 세월만 보냈다. 어느 날 아버지와 언니가 내가 있는 데로 찾아 오셨다. 아버지는 언니가 결혼하게 되니 막냇동생도 돌보고 집안일도 돕다가 좋은 남자 만나 결혼하라고 집으로 가자 권하셨다. 못 이긴 척 따라 집으로 돌아오며 나의 방랑 생활은 끝이 났다. 미용을 배워 허망하게 꿈을 이루지도 못한 채……

우리 부모님은 내 위 언니는 첫 자식 첫정에다 아기 때 잦은 병치레에 죽을 고비를 넘겼다고, 내 밑의 남동생은 귀한 아들이라고, 셋째 딸은 중학교 졸업 후 직장 생활을 해 집에 돈을 많이 보태 주었다고, 팔 남매 중 이 세 남매만 항상 최고로 여기셨다.

집으로 들어와 어언 일 년을 살다 보니 내 나이 스물넷. 아버지 아시는 분에 의해 중매가 들어 왔다. 푸른 제복의 군복을 입은 남자 사진 한 장을 보여 주시는데 이만하면 나의 일생을 맡겨도 되리라는 판단이 서서 선을 보자는 부모님 뜻에 따랐다.

선을 보러 가는 날, 아버지께서 지방으로 목수 일을 하러 가시며 웬만하면 허락하되 약혼 사진까지 찍고 오라는 말씀을 엄마에게 하시는 걸 옆방에서 내가 들었다. 중매하시는 분이 양가 웬만하면 그리 하자 의논이 돌았다고 하셨다. 그래서 먼저 시집간 언니의 분홍색 한복을 싸 가지고 읍내에 있는 큰고모네 집으로 갔다. 방으로 들어가 아랫목에 있으니 남자가 들어와 윗목으로 앉았다. 가족 모두는 우리 둘만 남겨 두고 다 나갔다.

내가 먼저 남자에게 말을 걸었다. 그때가 겨울이었다. 그래서 "추운데 아랫목으로 내려오세요." 하니 남자가 "괜찮습니다."라고 했다. 한동안 침묵이 흐르자 "어허, 남녀가 둘이서 뭐 하는 거야." 하시면서 중매하시는 분이랑 양가 가족이 방으로 들어오셨다. 우린 이내 중국집으로 자리를 옮겨 식사를 마치고, 한복을 입으라는 가족들에 의해 사진관으로 가서 사진을 찍고 헤어졌다.

그리고 몇 번을 만나 데이트라도 해야 하는데 남자에게서는 한 달

간 소식이 없었다. 그러자 마침 사촌 여동생 동창이자 그 남자 조카가 내게 삼촌이 있는 곳 주소를 가르쳐 주면서 편지해 보라 했다.

난 만리장성의 편지를 써서 보냈다. 우리가 선보고 사진 찍었다 해서 싫은데도 결혼해야 할 의무는 없는 거니까 나를 선택해서 훗날 후회 없는 삶이라 할 수 있다는 생각이 된다면 한 번 더 만나 보는 게 어떠할는지요, 이런 내용의 편지였다.

그러자 얼마 후, 언제 어디서 만나자는 연락이 왔다. 난 부모님의 허락을 받고 친구랑 같이 다방으로 나갔다. 남자는 두 번째 보지만 좀 건방지고 기분 나쁘게 말을 걸었다. "내가 그리 좋으냐?" 하면서 만남은 시작됐다.

남편은 술이 좀 취해서 그 자리에 나왔다. 우리 둘 서로가 어색함만 면하게 해주고 한참 후 내 친구는 가고 나도 잠시 후 집으로 가야 하는데 집에 보내주지 않았다. 늦은 밤 다방에서 나와 길에 전봇대를 사이에 두고 실랑이를 몇 시간 끈질기게 벌였다.

몇십 리 떨어진 수안보라는 온천으로 가 하룻밤 같이 보내자는 남자의 말을 난 절대 따를 수가 없었다. 남자는 굳이 가자고 강제성을 띠었다. 그때 "뭐 이런 되먹지 못한 불량배 같은 놈이 있어?"라고 하며 대담하게 따귀라도 한 대 올려붙이고 헤어져야 하는데 그렇게 하지 못한 내 인생은 가시밭길 험한 인생살이가 될 줄이야.

판도라의 호기심은 열지 말라는 상자를 열었기에, 에덴동산의 아담과 이브의 지나친 욕심은 사과를 따먹었기에 죄를 짓게 되듯이, 나 역시 그때 냉정히 뿌리치지 못함이 한없는 후회가 된다.

내 남편은 시아버지 62세, 시어머니 42세에 2남 2녀 중 막내아들로

태어났다. 금이야 옥이야 끔찍이 받들어 금쪽같이 키우고, 많고 큰 사
랑을 받고만 자란 탓인지 지독한 이기주의 성격이란 걸 알고 결혼 초
기에 혹독하게 맘고생을 많이 했다.

우리 집은 경주이씨로 가문도 남 달리 좋은데다 그리 불미스러운 일은 감히 용납이 안 되는 엄한 집안이었다. 나 역시 이건 도저히 얌전하고 참신한 숙녀로서 있을 수도 있어서도 안 된다 판단했기에 있는 힘을 다해 버티었다. 마침 그때 생리 중이라 더더군다나 버틴 것이었다.

"그럼 우리 집에 가 엄마에게 인사라도 드리고 가라" 해서 마지못해 그 집에 따라간 내가 엄청난 큰 실수를 하고 말았다.

그 집에 밤 열두 시가 되어 들어가니 식구들이 깜짝 놀라며 반가이 맞아 주셨다. 인사를 마치고 나를 집에 데려다 달라 하니 자기 방으로 안내했다. 나의 첫 순결은 장마철 돌담 무너지듯 허무하고 가치 없게 무너지고 말았다.

날이 새면 보내 주리라 믿었건만 쉽게 보내주지 않고 있다가 결국은 그 집에서 삼 일을 보내고 그 집에서 결혼 날짜를 잡은 사주단자를 들고 같이 우리 집으로 갔다.

우리 집 부모님은 걱정이 많으시고 나를 막 꾸짖으셨다. 그리 정숙하지 못하고 가문에 누가 되는 행동을 하느냐고. 거기서 우리 부모님께 그 남자의 인격이 많이 깎였다.

그리고 얼마 후, 우리는 내가 태어나고 자란 마당에서 고유의 미풍양속으로 족두리를 쓰고 사모관대 입고 혼례식을 올렸다.

축사

만세 소리 우렁차던 오늘, 만인의 축복을 받으며 새신랑 새색시 장가가고 시집 가던 날, 찬란한 태양이 오늘 이 자리를 더욱 밝히고 따뜻하게 자리를 빛내주고 있습니다.

고귀한 사랑이 펼쳐지고 새로운 삶이 전개되는 제2의 인생을 출발하는 시발점에 나란히 서게 된 새신랑 새색시의 앞날에 영원한 축복을 빌어주는 많은 축하객들이 모여 자리를 더욱 빛내주고 있습니다.

새신랑 새색시가 사모관대 쓰고 선조들의 고유한 미풍양속을 이어받은 한 쌍의 원앙새 다정다감한 애정이 영원을 향해 굳게굳게 맺어지는 이 순간입니다.

오늘 사모관대 쓴 새신랑은 모든 친우들의 모범이 되어 총애를 한 몸에 받으며, 성실하게 내일을 창조하는 충실한 사람으로서 태도를 튼튼히 다져 나아갈 수 있는 건강하고 충실한 새신랑은 내일의 찬란한 복지와 행복을 구김살 없이 하나하나 주옥같이 펼쳐 나아갈 것입니다.

여기에 족두리 쓴 새색시는 엄격한 가문에 부덕을 겸비한 사람으로서 오늘 부군이 된 새신랑의 알뜰한 아내로서 또 어머니로서 친구로서 모든 역할을 다할 것입니다.

무지개같이 펼쳐질 새로운 삶에 사랑의 열매, 행복의 열매, 행운의 열매가 주렁주렁 알차게 맺어 줄 것을 오늘 이 자리에서 엄숙하게 빌면서 끝을 맺습니다.

기미년 삼 월 일 일

친구 대표 000

사랑이더라!

두루마리 긴 창호지에 먹물을 찍어서 곱게 써내려 쓴 주옥같은 축사의 글이 지금도 양면이 빨간색 파란색으로 된 보자기에 싸여 장롱 속에 잘 보관되어 있다.

결혼하고 시집 식구들에게 새색시로서 큰절을 올리는데 시아버지는 안 계시고 시어머니 세 분이 나란히 앉아 계셨다. 거기다 더 기가 막히는 것은 셋째 시어머니가 낳은 자식이 내 남편이었다. 난 속았다는 생각에 아니 놀랄 수가 없었다.

삼 일 지나 친정에 가 엄마에게 그 얘기를 하니 너무 놀라 기막혀 하셨다. 그런데 작은아버지께서는 나의 시숙님과 친구 사이라 이 사실을 다 알고 계셨다 하셔서 엄마에게 원망을 많이 들으셨다. 진즉에 이 사실을 알려 주었다면 혼사가 이루어지지 않았을 것 아닌가. 엄마는 땅을 치며 한탄과 후회를 하셨지만 이제 어찌 하겠는가? 이미 엎질러진 물이니…….

거기에다 내 형부는 어린 처제와 처남에게 깍듯이 호칭을 쓰고 존댓말을 하는데 내 남편은 호칭은커녕 이름을 부르고 반말을 해서 점수가 완전 빵점이었다. 이래저래 우리 친정에서 대우를 못 받으니 남편은 온갖 심통과 변덕을 부려 처갓집 식구들과 사이가 원만하지 못해 늘 으르렁댔다.

시골에 가면 시댁에서 십 리 떨어진 거리에 친정이 있다. 시댁 행사에는 꼭 나를 데리고 참석한다. 그러나 나의 친정에는 거의 안 갈 때가 더 많다. 가뜩이나 처갓집에서 대우를 못 받는데 한술 더 뜬다.

남편의 직업은 운전이었다. 그때만 해도 큰집에 화물차가 몇 대 있었고, 기사가 한 사람 있었다. 큰집 식구가 시숙님 내외와 조카들 3남 2녀이고, 기사 한 분, 우리 내외, 시어머니, 모두가 열한 식구였다. 분가를 할 줄 알았는데 한집에서 같이 살았다.

그때만 해도 피임이 뭔지 확실히 몰라 큰딸이 금방 임신이 되었다. 대식구에 집안일에 시달리다 보니 입덧이 뭔지도 모르고 지내는데 나보다 나이가 한 살 많은 기사분이 형수님이라 부르면서 몇 번을 식구들 몰래 먹을 거를 사서 우리 방으로 들여다 주곤 했다. 그 고마움은 영원히 내 가슴속에 곱게 자리 잡고 있다. 잊지 못할 고운 추억이다.

열한 식구 대 식구에 어렵고 긴장되는 시집살이다 보니 입덧이 뭔지도 모르고 지냈는데 항상 배고팠던 기억은 잊을 수가 없다. 조석으로 식구들이 물린 밥상을 부엌으로 들고 가면 채워지지 않은 배 속을 채우려고 늘 혼자 그 많은 설거지를 해가면서 반찬을 주섬주섬 주워 먹으면서도 배 속의 태아에게 미안하고 너무나 서러웠다.

임신 열 달이 다 되어가도 시집 식구들 중에서 입덧하는 나를 챙겨주는 사람은 아무도 없었다. 이런 게 시집살이인가 늘 조심스럽고 긴장하며 지내야 하다 보니 입덧은 사치인 것 같았다.

어느 날, 닭백숙이 너무나 먹고 싶어 친정에 갔다. 엄마에게 부탁해서 마침 친정에 온 언니와 엄마 앞에서 단숨에 냉면 그릇만 한 그릇으로 두 그릇을 먹어 치웠다. 언니와 엄마가 동정어린 눈으로 바라보는데 약간 부끄럽고 자존심이 상했다. 그러나 그 맛은 지금도 잊히지 않는다.

남편은 식구들 보기 쑥스러워서인지 사탕 하나 사주지 않았다.

큰동서는 내가 시집올 때 부잣집에서 혼수 많이 안 해 왔다고 투덜대가며 나랑 동서 사이에 심한 열등감을 느끼고 시어머니보다 은근히 시집살이를 시키셨다. 또 하루하루 생활하는 데 있어서도 동서랑 나는 살아온 과정이 달라도 너무 달라 그 어떤 일에도 공감할 수가 없었다.

시어머니 공경하는 것도 내가 보고 따를 수가 없었고, 시아버지의 정부인이 아니다, 동거인으로밖에 호적에 못 올라가면서, 라며 시어머니 아픈 데 정곡을 찔러가며 악담까지 퍼부어대는 걸 보고 난 많이 놀랐다. 난 친정서 부모님 슬하에서 보고 배우고 교육받기를 그리 하지 않았다. 이해가 안 되는 부분이 너무 많았다.

우리 엄마, 큰엄마, 작은엄마 삼 동서님이 시어머니에게 말대꾸를 하시거나 서로 다투시는 거 한 번을 보지 못하고 자랐건만 내가 시집을 달나라에 온 건지, 별나라에 온 건지 도대체 이해가 안 되고 머릿속은 항상 복잡했다.

그리고 항상 나를 시기하고 질투하고 함부로 막 대하는 동서의 태도가 싫었다. 나도 가문 좋은 가정의 부모 밑에서 엄한 가정교육을 받고 자랐는데 왜 동서에게 고된 시집살이를 해야 하나, 속상하고 이해가 안 될 때가 많았다. 그래도 남편에게 투정 한 번 안 부리고 집안 시끄럽게 안 하려고 동서에게 말대꾸 한 번 안 하고 모든 걸 다 참고 이해하고 살았다.

시어머니도 다른 데서 결혼해 아이까지 낳고 살다가 우리 시아버지가 보쌈해 와서 살며 사 남매 자식 낳고 발목 잡혀 피눈물 나는 삶을 살았다고, 우리 시아버지도 보통 별난 분이 아니고 그 동네에서 내 놓으라 할 정도였다고 늘 말씀하셨다. 우는 아이도 누구 온다 하면 울음을 그쳤다고 할 정도였단다.

시어머니는 당신이 살아온 이야기를 틈만 나면 나에게 많이 해 주셨다. 너무나 고단하고 힘든 인생살이가 싫고, 무서워서 수없이 죽으려고도 하고 도망이라도 가려 했으나 차마 살점과도 같은 자식 두고 가지를 못하셨다고 눈가에 눈물을 씻으며 힘들게 말씀하셨다. 금이야 옥이야 키운 막내아들의 며느리라고 끔찍한 사랑도 많이 받았다.

시집에 살면서 난 남편에게 용돈 한번 받아 써 보지를 못했다. 아이를 임신해 배는 불러오고 임부복이 없어 결혼할 때 입었던 빨간 저고리와 초록색 치마가 있었는데 그 치마만 가지고 양장점에 가서 임부복으로 맞추어 놓고 돈이 없어 찾지를 못했다. 허름한 임부복을 하나 사서 그 옷 하나로 버티다 아이를 낳았다. 결혼 치마만 하나 날아가 버린 거 생각하면 늘 안타깝고 마음이 아프다.

배가 부르면 출산 준비하기 힘들다며 미리 차근차근 하라며 시어머니가 쌈짓돈을 주셨다. 그 돈으로 동서 몰래 준비 다 해 놓고 돈 주나 안 주나 기다려 보라 하셨다. 이제나저제나 기다리는데 임신 9개월이 되어서야 동서는 가제 기저귀 천 한 필을 내 방에 휘익 던져주었다. 배는 불러 힘든데 언제 잘라서 삶아 빨아 말리고 하라고 생각이 있는지 없는지 안타깝고 한심했다.

늘 병환 중에 계셨던 시어머니. 이 사람 저 사람이 병문안 와서 먹고 싶은 것 사서 드시라고 주고 간 돈을 꼬깃꼬깃 모았다 내게 주시는 그 돈을 난 늘 염치없이 많이도 받아서 썼다. 집안의 돈 관리는 동서가 해서 시어머니도 약값이며 용돈을 타서 쓰시니까 동서에게 출산 준비할 돈을 얻어서 쓸 수밖에 방법이 없었다.

드디어 큰딸이 태어나게 되었다.

그때만 해도 집에서 자연분만을 하던 때라 집에서 낳기로 했다. 초저녁부터 진통을 겪는데, 배가 안 아프고 허리가 끊어질 듯 진통이 심했다. 진통이 멎으면 장대비처럼 쏟아지는 잠. 출산 후에 많이 자야지, 벼르던 잠 원 없이 자야지, 했다.

출산할 때 남편은 곁에 없었다. 아침에 보고 저녁에는 산고를 겪는 우리 방에 들어오지를 않았다. 옆방에서는 시어머니가 아파서 누워 계시고, 동서는 가끔 들여다보며 "아직 멀었어. 저 천장의 형광등 불빛이 보일 듯 말 듯 해야 돼." 하셨다. 간간이 들락거리며 하는 그 말이 너무나 약이 올랐다.

무섭고 외로워 생각나는 분이 이웃에 사시는 친정 막내고모였기에 고모 좀 불러 달라 하니 한참 후에 오셨다. 고모가 내 옆에 있어 주니 든든했다. 고모는 내가 진통을 겪을 때마다 내 허리를 두 손으로 비벼 주곤 하셨다. 고모도 사 남매를 낳으신 분이라 많은 위로와 격려를 해 주셔서 마음이 안정되어 무사히 출산을 할 수가 있었다.

길게도 시간을 끌더니 그 이튿날 새벽 정각 네 시에 큰딸을 낳았다. 새벽 첫닭이 울자, 벽시계 네 시 치고, 아이 '응애' 하고, 세 가지 소리가 동시에 장단 맞추어 울렸다. 좋은 시 맞추느라 늦은가 보구나, 생각했으나 훗날 그것도 아니었다.

낳고 보니 딸이었다. 아이를 목욕시켜 내 옆에 눕히고 산모랑 같이 푹 자라고 동서가 말했다. 아이를 낳고도 입을 옷이 없자 얇은 천에다 돌돌 말아서 하룻밤 자고 나니 저고리를 사다 입혀 주었다.

장대비처럼 마구 쏟아지는 잠은 백 리 밖으로 도망가고 눈은 샛별처럼 초롱초롱 빛났다. 옆에 누운 딸아이를 처다보니 가엾기가 어디에 비할 데 없었다. 여자의 길을 같이 가야 하는 팔자가 너무나 가여웠다.

동서가 미역국과 밥을 가져다주었다. 그러나 그 밥이 입맛이 없어 몇 수저 뜨고 말았다. 출산 뒷바라지한 사람을 섭섭하게 하면 안 된다는데도 그 당시 내게는 돈이라면 힘이 없었다. 한 밤을 내 곁에서 꼬박 새우신 고모에게 시댁에서도, 나도 도리를 못 했다.

삼일 후 젖이 돌아 나와서 아이에게 먹이는데 가뭄에 단비같이 젖이 모자라서 울어대는 아이 분유를 사다 물 끓이러 부엌에 나가면 방에서 동서가 못마땅해 중얼거리는 소리를 다 들어야 했다.

"난 오 남매를 젖으로 다 키웠는데 첫 아이 때 젖이 모자라면 어째?"

그러나 왜 그리 입맛이 없던지 산모가 먹는 게 없으니 젖이 작게 나올 수밖에……. 산모가 먹으면 얼마나 먹는다고 미역국도 큰 쇠로 된 가마솥으로 한 솥씩 끓여 놓고는 산모가 잘 안 먹으니 옆집 구정물통에다 다 퍼다 버린다 하면서 산모 밥 챙겨 주기 싫다고 투덜거리셨다.

아이 나은 지 일주일 만에 남편 얼굴을 보게 되었다. 야속하고 서운한 마음에 이유를 묻자, 남편 차가 지금의 용달차 같은 차라 짐이 있다고 연락을 받고 가보니 술 좋아하시는 분이 길에서 동사하셨다 해

서 그 시체를 실어다 주었다고 아이랑 산모에게 부정 탄다고 시어머니
가 우리 방에 들어가지 말라고 하셨다며 미안해했다.

아이 낳은 지 일주일째가 설이었다.

동서가 다정스레 "동서! 낼이 설이고 제사 준비도 해야 하니 그만 웬
만하면 일어나지."가 아니고 우리 방 미닫이문을 활짝 열어젖히더니
큰 소리로 "시아버지 제사 안 지낼 거야? 누구는 아이 안 낳아봤어?
일주일 누워서 쉬었으면 되지 얼마나 더 누워 있을 거야? 그만 일어나
음식 장만하지." 하며 밖으로 나가셨다.

난 너무나 놀라고 황당해서 눈물도 안 나왔다.

일주일 내내 국밥을 달게 먹지를 못했던 터라 기운이 없었다. 옷을
주섬주섬 주워 입고 부엌으로 나가니 정말 현기증이 나고 서러웠다.
부뚜막에 앉아서 연탄불에 부침개를 부치는데 땀이 비 오듯 마구 쏟
아졌다. 아! 이런 게 시집살이인가 보다, 하고 느끼면서 살았다.

남편은 큰딸을 낳은 지 이십일 만에 서울로 버스 취직이 되어 갔다. 그러다 가끔 다니러 시골에 내려오곤 했다.

어느덧 딸이 백일이 다 되어 가니 백일 지나면 가족을 서울로 전세방 얻어서 데려 간다 했다. 남편이 벌어 놓은 돈도 없고 큰집서도 나 몰라라 해서 친정에서 농협에 적금 대출을 받아 그때 돈 백만 원을 해 주셨다.

그때만 해도 변두리 방 하나에 전세 칠십오만 원 주고 얻어 용달차 하나 빌려서 살림살이 싣고 딸을 안고 시어머니랑 타고 서울로 이사 왔다.

큰집에서 일 년 반을 살다가 살림나는데 남편이 그동안 월급 한 번 안 받고 있었는데 동서는 어쩜 그럴 수가 있는지……. 쌀 한 되, 된장 한 수저 안 주고 남 보내듯 내 보내는데 그 사정 이야기를 어느 누가 믿겠는가? 그리 서운하고 이해가 안 되었다.

난 그게 늘 가슴 한구석에 크게 자리 잡고 잊히지 않는 한이 될 줄 몰랐다. 머슴살이를 해도 나갈 때는 품삯을 주는데…….

친정 엄마랑 큰엄마랑은 버스로 따라 오셨다. 나고 자란 정든 고향을 등지고 낯설고 물선 서울에 도착하니 서울에 사시는 아버지 밑에 여동생인 고모님이 밥과 반찬을 다 해서 점심 저녁 두 끼를

사랑이더라!

27

싸서 택시로 이사 온 우리 집에 오셨다.

엄마와 큰엄마, 시어머니, 고모, 우리 부부, 두 끼 밥을 다 드시고 큰엄마랑 고모는 고모님 댁으로 가시고 엄마는 우리 집에서 주무셨다. 그 이튿날 아침을 하려 하니 있는 게 아무것도 없었다. 시어머니께서 쌈짓돈을 꺼내주시면서 쌀이랑 반찬거리를 사오라 하셨다.

아이는 시어머니가 보시고 친정엄마랑 나는 시장도 아닌 가까운 가게에 가서 쌀 한 되, 고춧가루 한 공기, 조미료 한 봉지, 얼갈이배추 한 단 등등을 사가지고 와 부지런히 준비해 어설픈 아침을 먹었다. 아침을 다 드시고 엄마는 남편이 고모님 댁으로 모셔다 드려서 큰엄마랑 시골 내려가시면서 너무 허무해 울고 가셨다 했다.

분가해 호젓이 사는 신혼 살림살이랄까? 그럭저럭 살다 보니 남편이 늦거나 외박하는 날이 잦아졌다. 이리저리 거짓말을 하고 속이는 데 당할 수가 없었다.

남편은 사 먹는 식당 밥이 싫다고 집에서 도시락을 꼭 싸다 먹었다. 난 아이를 데리고 잠시도 편할 날이 없었다. 유모차에 아이를 태우고 유모차 뒤에 도시락 싣고 하루 두 끼 밥을 싸다 날랐다.

알고도 속고 모르고도 속고 남편의 바람기는 이루 말로 다 하기 힘들었다.

남편은 초가을 날씨에 쉬는 날 반소매 옷을 입고 외출했다가 외박하고 운전복도 아닌 사복을 입은 채로 바로 일을 나갔다. 속없고 오지랖 넓은 나는 긴소매 운전복도 아니고 사복 반소매 옷 입은 걸 보면 누가 봐도 이상하게 여길까 염려되어 긴소매 운전복 옷을 준비해 주머니에 몇 천 원의 돈과 담배 한 갑을 넣어서 일하는 데 갖다 주곤 했다.

분가 얼마 후 추석이 왔다.

그래도 큰댁에 가는데 빈손으로 갈 수가 없어서 식구들 양말 한 켤레씩을 사서 갔다. 얼마 후 "나는 동서 살림 날 때 아무것도 안 해주었는데 우리 동서는 선물을 사 왔다"고 이웃에 자랑하더라고 시어머니가 이야기해 주셨다.

난 동서랑 똑같이 하면 안 된다는 생각에 똑같이 할 수가 없었다.

한번은 시골에서 서울에 와 산 지 얼마 안 되어서의 일이다.

백일 지난 큰딸을 등에 업고 육교 위를 걸어가는데 우산을 쓰지 않아도 될 정도로 보슬비가 소리 없이 내렸다.

그런데 젊은 여자가 목욕탕에서 쓰는 수건을 머리에 쓰고 젖먹이 아이를 가슴에 안고 고개를 숙이고 앉아 구걸을 하는 모습이 내 눈에 들어왔다. 여자의 손이 빗물에 젖어 하얗게 불어 있었고 아이는 잠이 들어 있었다. 참으로 보기 슬프고 가슴 아팠다. 나도 아이를 등에 업고 있는 터라 그냥 지나칠 수가 없어서 비록 작은 돈 천 원이나마 손에 쥐어주고 지나왔다.

그 후로 그 장면이 소가 눈 지그시 감고 느긋하게 입에 여물을 되새김질하듯 차근차근 곱씹고 되씹어도 내 기억 속에서 잊히지 않는다.

난 언제 어디서나 어려운 이를 보면 그냥 지나치지 못한다. 가엾고 안타까운 마음으로 꼭 얼마라도 성의 표시는 하고 지나간다. 내가 살아오면서 그 장면이 내게 큰 거울이 된 것 같았다.

"난 나로 인해 태어난 자식들 절대 불행하게 안 하리라"는 문장을 가슴속 깊이, 머릿속 깊이 지워지지 않는 문신처럼 진하게 새겨두고, 떠오르는 태양을 보며 희망을 열고, 지는 해를 바라보며 하루를 반성하며 오로지 세 딸을 위해 굳은 일념으로 살아왔다.

둘째딸을 임신하고 산달이 다가왔다. 뒷바라지해 줄 사람도 없는데다 그때만 해도 연탄 한 장에 의지하던 때라 방도 추워서 할 수 없이 큰아이를 데리고 시골 친정집에 갔다.

출산 날짜를 잘못 짚고 가다가 버스 안에서 아이를 낳으면 어쩌나 하고 노심초사하면서 갔건만 시골에 가서도 한 달이 넘어서 낳았다.

친정아버지께서 사과나무 과수원 밭가에 약초재료인 구기자를 많이 심으셨다. 시간도 보내고 잡념도 잊을 겸 시멘트로 된 밭둑에 걸터앉아 구기자를 따고 있으면 동네 분들이 오고 가고 무심코 하시는 "아이는 안 낳고 왜 구기자만 따고 있느냐?"는 말이 왜 그리 듣기 싫고 야속하게 들리던지. 내게는 나름 사연이 담긴 구기자라 지금도 구기자는 생각조차 하기 싫다.

큰딸은 큰집에서 데려가 봐 준대서 친정엄마가 시골일 해가며 내 뒷바라지 해주는 것이 좀 덜 힘들었다.

어느 날 깊은 밤, 사방이 적막함에 싸여 고요한데 조금씩 약하게 산통이 시작했다.

호요르르, 호요르, 호요르…….

창밖은 먹물을 푼 듯한 어둠, 먼 데서 우는 밤새 소리가 들렸다.

진한 진통이 멎으면 천장에 눈을 둔 채 새 소리에 귀를 기울인다. 마음을 아릿하게 건드리는 소리였다. 옆방에서는 부모님의 곤히 주무시는 숨소리가 고르고 낮게 들려왔다. 단잠을 깨울까 하는 염려에 입을 막고 숨죽여 사경을 헤매다 보니 먼동이 트고 그 이튿날 새벽에 밥 지으러 나오시는 엄마가 소스라치게 놀라시며 다급하게 물으신다.

"언제부터냐? 나를 깨우지! 얼른 밥해 줄게. 먹어야지 힘을 쓰지."

서둘러 부엌으로 가신 엄마는 가마솥에 불을 지피고 밥을 해 뜸도 덜든 물기 어린 밥을 들고 들어오셨다. 나는 그 밥을 허겁지겁 입 속에 넣고 물을 마셔가며 목구멍으로 밀어 넣었다. 날계란도 대접에다 몇 개 깨어 담아 오신 걸 목구멍이 포도청이라고 잘도 넘겼다.

조용한 방 사방구석을 누웠다, 엎어졌다 했다. 이리저리 쫓기는 죄인 같이 초조하고 미꾸라지 한 마리가 땅에 떨어져 물속으로 가려고 몸부림치며 헤매는 것 같이 고통스럽고 서러웠다.

전신에 흐르는 땀 때문에 물속에 빠진 생쥐 같고 마라톤 백 리를 단숨에 달린 듯 숨도 간신히 쉴 정도로 지쳐 헐떡이다 결국은 옆집 산파에게 촉진제 주사를 한 대 맞고 오후 세 시쯤에 낳고 보니 또 딸이었다.

시골 친정에 아이 낳으러 갈 때 돈 아끼려 고생 말고 산파에게 가서 낳으라고 남편이 돈을 넉넉히 해 주었는데 친정엄마가 첫 애도 집에서 잘 낳았는데 이번에도 집에서 낳고 그 돈으로 한약이나 사서 몸조리 잘하라 하시는 말씀에 공감하고 보니 하나님이 먹지 말라는 선악과를 따 먹으라는 뱀의 꼬드김에 넘어간 아담과 이브처럼 그야말로 완전히 개고생 했다.

아들이려니 했던 게 또 딸이다. 자식은 맘대로 안 된다는데. 쓰나미로 순식간에 많은 걸 잃은 심정이랄까? 너무 약이 올라서 발로 차 없애 버린다고 설치니 친정 큰엄마와 엄마랑 두 분이서 "그 애도 한세상 살려고 태어났는데 왜 그러냐?" 하고 말리셨다.

큰애는 낳고서 삼일 만에 젖이 돌아서 먹였는데 이 아이는 태어나자마자 젖을 먹겠다고 안간힘을 다해 울어 대니 시끄러워 살 수가 없었다. 결국 아버지께서 십리 길을 단숨에 달려가 우유를 사오셨다.

또 딸이라고 서운해 일주일 내내 울어 대니 엄마가 야단을 치시며 그러셨다.

"저 년이 귀신이 붙었나. 왜 저리 울어 대냐?"

"난 딸을 여섯이나 낳았는데 어땠겠니? 나를 봐서라도 울어야겠니?"

엄마가 딸 낳을 적마다 섭섭해 하셨을 걸 생각해서 울지 않기로 입술을 깨물었지만 간간히 복받치는 설움에 숨은 눈물을 많이도 흘렸다.

그리고 문제는 또 있었다.

갓난아이 눈에서 고름 같은 눈곱이 왜 그리 많이도 나오는지 닦아도, 닦아도 감당할 수가 없었다.

산후 일주일 되는 날, 시아버지 제사라 서울서 남편이 내려 왔다. 남편이 시아버지 제사를 모시고 서울 갈 적에 나도 따라 간다 하니 부모님은 나보고 기왕에 시골 내려온 거 일주일 더 있다 가라는데 아이 눈이 심상치 않은 느낌에, 내 몸조리 한다고 일주일을 더 버틸 수가 없었다.

부모님은 걱정이 이만저만 아니고 노발대발 말리셨지만 난 가다가 죽어도 간다고 고집을 피워 남편을 따라 나서니 엄마가 아이를 안고 데려다 준다고 따라 나섰다. 3살 된 큰딸은 남편이 데리고 갓 낳은 딸은 친정엄마가 안고 버스에 몸을 실었다. 산모인 내가 버스 타고 가다 멀미할까 하는 염려에 멀미약을 먹었던 것이 잘못됐는지 혓바닥이 몇 시간 마비되는 바람에 집에 와서도 애를 먹기도 했다. 그렇게 아이와 엄마, 나는 집에다 데려다 놓고 외출하는 남편이 야속하기만 했다.

집 비운지가 한 달이 넘은 터라 친정엄마가 산모 밥을 하려니 전신에 기운이 빠지고 할 말이 없다며 긴 한숨을 땅이 꺼져라 내쉬셨다. 미역도, 반찬거리도 없고 먼 시장에 갈 수도 없는데다 밥상이라고 할 수 없는 어설픈 저녁을 먹어야 한다고 생각하니 하염없는 눈물이 소나기같이 마구 쏟아지는데 그 눈물에 밥을 말아먹다시피 할 수밖에 없었다. 밤늦게야 술이 거나하게 취해서 들어온 남편이 그렇게 미울 수가 없었다.

그 이튿날 친정엄마를 보낸 후 큰아이는 옆집에 맡기고 내 몸도 성치 않은데 갓난아이를 등에다 엉거주춤 업고서 버스를 타고 안과에 갔다. 의사선생님이 아이 눈을 까 보더니 "남편이 외도하셨네요. 성 병균이 자궁 밖에 숨어 있다가 아이가 태어날 때 눈에 들어간 겁니다. 가족이 동시에 치료받아야 합니다"라며 아이 눈을 치료해 주셨다. 두 번 다시 생각하기도 싫은 지난날의 일이 번개같이 머릿속을 스쳐지나갔다.

남편에 대한 야속한 마음을 품고 무거운 발걸음으로 버스를 타고 종점에 오니 남편도 걱정이 됐던지 자기 보고 집에 들어가길 바라고 기다리고 있었다. 마침 점심때라 식당서 내가 밥을 먹는 동안 남편이 아이를 안고 내 이야기를 듣고 무척 죄책감에 속죄하는 눈치였다.

밥을 다 먹고 아이를 엉거주춤 포대기에 끌어 업고 집으로 왔다. 생후 열흘 만에 처음으로 저녁에 눈을 뜨고 이리저리 사물을 살피는 딸아이가 그리 신기하면서도 가엾고 내 마음이 그리 서러울 수가 없었다. 어른들 부주의로 저 어린 것을 일주일간 암흑 속에서 지내게 한 게 가슴이 천 갈래, 만 갈래 갈기갈기 찢어지듯 너무나 아팠다.

치료 잘 받으라는 의사분의 말을 뒤로 하고 돌봐주는 이 없이 혼자 세 살 난 아이 돌보랴, 네 식구 빨래하랴, 물먹은 솜이불처럼 마구 늘어지고 처지는 몸을 지탱하기 힘에 부쳐서 하루 쉬다 다시 병원 가서 의사선생님께 눈물이 나게 혼이 났다.

"어른들 잘못으로 아이 눈을 실명하게 만들려 하십니까?"

나는 산후 몸조리도 못하고 너무 힘들어서 병원 다니는 데 소홀할 수밖에 없었다.

아이 눈에서는 늘 두 줄기 눈물이 흘러 뺨을 촉촉이 적셨고 얼굴이 삼베같이 까칠까칠해 보는 내 마음을 아프게 했다. 눈물샘이 막혔나 해서 눈물샘도 뚫어 주고 안과에는 대여섯 살까지 안방처럼 자주 다녔다.

또 이런 끔찍한 일도 있었다.

너무 추운 겨울에 방에 연탄난로를 하나 설치했었다. 그리고 나와 동갑인 옆방 여자와 앉아 놀다가 연탄불을 갈려고 했다. 부엌에서 연탄불을 끄집어내는데 두 장이 붙어서 아무리 애를 써도 안 떨어져서 결국은 두 장이 붙은 채로 연탄집게로 집어서 들고 갔다. 그런데 방에 한 발 들여놓자마자 밑에 붙은 연탄 한 장이 방바닥에 뚝 떨어지는 것이 아닌가! 모두가 얼마나 혼비백산하고 놀랐는지 모른다.

마침 둘째아이의 머리 쪽으로 떨어진 불덩어리로 인해 아이가 어찌 된 것은 아닐까 하고 같이 있던 친구와 나는 연탄불 덩어리 치우랴, 물 갖다 부으랴, 불에 탄 장판을 장롱 밑으로 가도록 돌려놓는 일까지, 밤중에 한바탕 소란을 피웠다.

다 처리한 후 방긋방긋 아무것도 모르고 웃고 누워 놀고 있는 딸아이가 무사해서 얼마나 다행인지 아이를 가슴에 껴안고 한바탕 울었다. 그리고 결국엔 놀란 가슴을 진정시킨다고 우황청심환까지 사다 먹었다.

그때는 집에 전화 있는 집이 흔하지 않아서 세 들어 살며 걸려온 전화를 바꿔주는 집주인에게 설움깨나 받았다.

어느 날, 저녁에 집주인 아주머니가 반상회 하는 데 가자고 하니까 남편이 다녀오라고 했다. 두 달밖에 안 된 모유 먹는 아이가 자지도 않고 노는 걸 보고 따라 갔다가 조금 늦게 와서는 남편에게 심한 꾸중과 두 눈에 번개 치는 듯한 매를 맞았다.

집 앞에 오니 아이 우는 소리가 귓전에 심하게 들렸다. 문을 열고 안으로 한 발 들여놓는데 남편이 성난 사자처럼 내게 달려들어 크고 긴 구두주걱으로 한쪽 어깨가 부서지게 때리며 천둥 벼락 치는 소리를 질렀다. 난 죄인 아닌 죄인처럼 아이를 끌어안고 내 가슴에 붙은 젖부터 먹였다. 아이가 배도 고프고 잠이 와 많이 우는데 내가 어느 집으로 갔는지 전화도 없고 전화도 하지 못하고 안고 달래는 것도 한계가 있지 남편이 화내는 것도 이해가 갔다.

우는 아이를 안고 젖 먹여 재워 놓고 비록 짧은 순간이지만 한바탕 태풍이 지나간 자리에서 멍하니 천장을 쳐다보며 잠자리에 누워 베갯잇이 다 젖는지도 모르고 울었다.

13

그러다 또 세월이 흘러 막내가 생겼다.

둘째와 막내를 임신해서는 남편에게 입덧한다고 먹을 거를 좀 얻어 먹었다.

이번엔 정말 아들이려니 하는 기대 속에 초조한 나날을 보내다 어느 날 새벽에 진통이 와 병원에 갔다. 가자마자 바로 분만해 놓고 보니 딸이었다. 자식은 누구나 맘대로 못 한다는데, 하며 긴 한숨에 멍하니 할 말을 잃었다.

우리 부부는 셋째도 딸이면 보지도 말고 고아원에 주자고, 아이 낳기 전에 굳게 약속을 했지만 아이 얼굴을 가만히 보고 생각하니 가엾기 어디에 비할 데가 없었다. 어디 누구 품에 가서 호의호식하고 잘 자란다는 보장도 없고, 이 아이 하나 없어진다고 우리 가족이 얼마나 더 여유 있게 행복하랴.

내 몸 빌려 태어난 내 자식 내가 키워야지 어디를 보내, 하고 가슴에 꼭 끌어안고 저녁에 집으로 퇴원해 왔다. 아이 둘에다 누가 산모 뒷바라지해 줄 사람이 없어서 큰집 큰딸이 고등학교 졸업 후 우리 집에 산모 조리를 해 주러 왔다.

사는 게 원만하지 못한 때고, 쌀도 조금씩 사서 놓고 먹던 때라 쌀 떨어지면 어쩌나 밥조차 맘 놓고 먹지를 못했다. 그리고 틈틈이 쌀통

들여다보는 게 일이었다.

　산후 조리도 제대로 받지 못했다. 조카딸 역시 남자 친구랑 교제를 하던 때라, 주인집으로 전화 받으러 다니느라 집안일도 제대로 못했다. 너무 신경에 거슬리어 일주일도 못 채우고 보냈다.

　그때는 어느 집이든 세탁기도, 탈수기마저도 흔하지 않던 때라 우리 집도 당연히 없었다. 시도 때도 없이 자주 수북이 나오는 세 아이 빨래를 다 손으로 빨아서 말리곤 했다.

　아이들 셋 데리고 한 손엔 시장 본 짐이라도 있으면 너무 힘들어 어디 다니려면 방 안에 아이들을 가두어 놓고 먹을 거랑 장난감을 주고 밖에서 문을 잠가 놓고 급히 다녀오고는 했다.

사랑이더라!

그럭저럭 아이가 백일이 다 되어 가는 어느 날, 저녁을 먹고 자려고 이부자리를 펴는데 남편이 고백할 일이 있다고 이야기 좀 하자 했다. 남편의 이야기는 근무하는 버스 종점 앞에 술집이 하나 있는데 그 집 여자랑 연애하고 지냈는데 앞으로 절대 안 할 테니 "그 여자랑 오빠 동생으로 지내고 우리 집에도 왔다 갔다 하게 해 주면 안 될까?" 하는 거였다.

어이가 없고 기가, 코가 막히는 일이 아닐 수 없었다. 나 몰래 살을 맞대고 놀아난 화류계 여자를 이해해 주고 좋게 받아들이라니…… 너무나 뻔뻔하고 당돌한 요구에 화가 나 난리를 치니 나를 달래서 그 날 밤은 잘 지나갔다.

그 이튿날, 큰 애들 둘은 이웃집에 맡기고, 막내를 업고 남편 친구 부인과 용하다는 보살 집에 찾아갔다. 아이가 남편과 상극인 띠라 그렇고, 남편이 삼재라 삼재팔란이 와서 그러니 삼재풀이를 하고 바람을 재우고 부적을 베개 속과 지갑 속에 지녀 주라 하였다.

그 정성 드리는 비용은 그 당시 팔만 원이 안 넘는 돈이었지만 그돈을 남편 몰래 빼내기가 쉬운 게 아니었다. 같이 간 분이 돈을 조금 빌려줘서 계약금을 걸고 집으로 왔다. 그리고 얼마 후 남동생 결혼이 얼마 안 남아서 친정에 가 엄마에게 사정 이야기를 하고 돈 좀 달라고 하니 축의금 들어온 돈을 주시며 "너로 인해 태어난 자식 끝까지 잘 키우고 살아라." 당부하셨다.

그 정성을 드리고 난 후 남편의 바람기가 잠자는 것을 느꼈다. 그러나 내가 받은 충격과 마음의 상처는 치유되지 않았다.

난 너무나 내성적인 데다 이런 이야기를 주고받을 상대가 없었다. 내 성격이 너무 곧고 바르면 외로울 것이고, 내 주위에 사람도 모이지 않는다는 것도 잘 안다. 혼자 살기에는 적합한 성격일지 모르나 더불어 사는 세상을 살아가기에는 힘이 든다는 것도 너무나 잘 알기에 항상 외롭고 고독하다.

친정에도, 시집에도 창피하고 자존심 상하고 남편 체면도 있고 해서 혼자서만 가슴속 깊이 담아두고 가슴에 활활 타는 화병을 날마다 약 삼아 한잔 소주로 달래다 보니 소주병은 항상 찬장 구석에 약병처럼 숨겨져 있었다.

매일 젖을 먹는 아이는 알코올 기가 있는 젖을 먹으니 기저귀마다 설사를 하였다. 그러는 중에도 아이는 별 탈 없이 잘 자라 주었다. 위로 두 딸들은 체격도 좋고 키도 큰데, 막내딸은 체격이며 키가 유난히 작아 보는 엄마의 마음을 늘 죄스럽고 안타깝게 한다.

지금은 어느 집이든 내 집 장만은 못 해도 자가용 하나쯤은 다 있다. 우리 아이들이 초등학교에 들어가기 전에는 남편 쉬는 날 도시락 싸고 돗자리랑 먹을 거를 다섯 식구 손에 나눠가지고 버스 타고 야외로, 물가로 데리고 다니는 자상함도 자주 있었다.

집에서도 다른 집에는 쉽게 사지 못하는 전축도 사놓고, 아이들이 좋아하는 노래도 들려주고, 마이크 잡고 노래도 하게 해주었다. 그때

녹음한 테이프를 삼십 년이 넘게 지금도 곱게 서랍 속에 간직하고 있다. 남편은 변덕과 심통을 번갈아가며 부려서 그렇지 아이들에게 자상한 면도 있었다. 다 성장한 뒤에도, 결혼한 후에도 딸들이 가끔 테이프를 틀어 어린 시절을 회상하며 신기해하고 즐거워하며 한바탕 웃고는 한다.

남편은 가정에서 필요한 가전제품이니, 살림살이에 필요한 거 뭐든지 내가 말만 하면 관심을 가지고 최고로 좋은 것을 말 떨어지기가 무섭게 잘 사주는 자상함도 있어서 그런 면에서는 난 어느 누구보다 더 만족해하고 행복해하고 살았다.

그 후로 나는 남편 몰래 매일 한잔 술로 살다 보니 위염을 항상 달고 살았으며, 일 년에 한 번, 이 년에 한 번씩 위 내시경 치료를 받아가며 살았다. 거기에다 남편은 허황된 꿈에 젖어 뜬구름 잡는 일만 연구하고 큰집 가서 돈 빌려 와라, 친정 가서 돈 빌려 와라, 하며 수없이 괴롭혔다.

큰집과 친정에 가서 문전 박대와 설움을 많이 받았다. 어디든 가서 돈 얘기를 자주하니 내가 가는 거 자체도 싫어했다. 한번은 두 딸을 옆집에 맡겨두고 막내딸을 등에 업고 친정에 가서 아버지께 돈 좀 빌려 달라고 하니 "네가 그 집서 썩어 문드러져도 난 못 해줘. 어서 가거라." 하셨다.

대책 없는 우리 부부가 얼마나 골치를 썩였으면 그러셨을까 이해는 가지만 그런 가슴에 피멍 맺히는 말까지 듣고 보니 죽고 싶은 심정이었다. 그러나 세 딸을 위해 꾹 참고 집으로 가야만 했다. 두 딸이 기다리니까.

허탈함에 절망만 한 아름 가득 넘치게 가슴에 안고 버스에 올랐다. 버스 안에서 아이가 응가를 한 것 같은데 주위에 불쾌감을 줘가며 기저귀를 갈아줄 수가 없었다. 종이로 된 일회용도 아닌 가제 헝겊 기저귀라 갈아줄 장소도 여의치 않고 해서 집에까지 왔다. 집에까지 가야만 하는 내 마음은 죄인 아닌 죄인 같아 괴로웠다.

거의 네 시간 만에 집에 와서 기저귀를 갈아주고 보니 엉덩이에 빨갛게 발진이 심했다. 말 못하는 아이가 얼마나 칙칙하고 불결했을까.

난 아이에게 심한 죄책감과 가슴앓이를 해야만 했다. 세 딸을 두고 살아야 할까, 어디론가 멀리 가야만 할까, 많은 갈등을 했다. 아버지 그 말씀이 자나 깨나 가슴속에, 머릿속에서 한이 되었다.

16

그러는 와중에도 아홉 살, 일곱 살, 다섯 살 난 아이들을 두고 맞벌이를 하자고 하는 남편이었다. 난 시대도 지나고 오래된 미용 기술로 할 수가 없어서 아이들을 어느 정도 키워놓고 새 시대 새 미용 기술을 다시 배우고 자격증을 따서 충분히 연수 후에 미용실을 차리자고 했다.

그러던 중에 아주 형편없는 비닐하우스 집으로 이사를 했다. 허름한 방 한 칸에 다섯 식구가 옹기종기 살았다. 그러면서도 뜨거운 열기 속 비닐하우스 안에서 땀을 비 오듯 많이 흘려가며 꽃나무 모종하는 일을 많이 해 가며 돈벌이를 했다.

그러면 다섯 살 난 막내딸이 엄마와 안 떨어지려고 얼굴에 검은 때 구정물 땀을 흘려가며 내 옷자락을 잡고 칭얼대며 따라 다니는데 너무나 가엾고 처량하고 맘이 아팠다. 달래는 것도 잠시뿐이었다.

그리 사는 와중에도 노조 활동을 한다며 남편은 시도 때도 예고 없이 내 의견은 무시한 채 일방적으로 손님을 데리고 왔다. 황당하기 이루 말로 다 표현할 수가 없었다. 안절부절못하고 쩔쩔매다가 있는 그대로 술상을 차려 손님을 맞이했다.

옛날 경상도식 칼국수를 만들라며 사람들을 초대해 나를 얼마나 황당하게 하고 애를 먹였는가? 지금도 베란다 창고에 국수 만드는 판과 홍두깨 나무가 종이에 싸여 구석에 자리 잡고 있다. 가끔 칼국수 노래를 하는 남편. 난 한쪽 귀로 듣고 먼 산 바라보며 못 들은 체하고 넘긴다.

17

어느 날, 남편이 유부녀랑 놀아난다는 말이 내 귀에 들려왔다. 기회만 되면 잡아서 가만두지 않으리라 벼르고 있었다.

그러던 어느 날 나는 아무런 준비도 못 했는데 남편이 미용실을 차리자고 했다. 내 상식으로는 이게 아닌데, 이해가 안 되는데, 하면서 자세히 내막을 들어보니 그 유부녀가 소개하는 거였다.

어느 날, 나는 화산처럼 활활 타오르는 분노를 감추고 늑대 같은 남편과 여우 같은 그 유부녀와 같이 한자리에서 태연하게 치킨과 맥주를 시켜서 같이 먹고 헤어졌다. 내가 모르는 줄 알지만 마음속으로 '너네들 나에게 꼬리만 잡히면 보자'고 이를 갈고 있었다.

나는 자격증을 따고 충분한 연수를 한 후에 아이들도 어느 정도 키워놓고 미용실을 차리겠다는 의사를 강렬하게 밝혔다. 그런데도 내 의사는 무참히 무시당하고 남편은 일방적으로 강제성을 띠고 미용실을 차렸다. 자격증과 전셋돈을 빌리고, 일수를 쓰고, 미용사를 두고 시작은 거창하게 이루어졌다.

준비 없이 차려진 미용실 개업 날, 여자 손님보다 남편 손님이 많아 난 그 손님들 술상 보느라 여념이 없었다. 미용실 개업 날 소주 빈 병 한 상자가 말이 되는지 길에 나가 여론조사라도 해 보고 싶었다.

양심 한 조각 없는 유부녀는 내가 모르면 언제까지 속이려고 미용실을 태연히 들락거렸다. 호수같이 잔잔한 나의 가슴에 시한폭탄 같은 불을 이글거리게 해놓고 언제 폭발할지도 모르는 그 와중에도 여우의 탈을 쓰고 손님을 데려 오면 저녁엔 남편이 그 유부녀에게 저녁을 사 주고 놀아나고 잘 돌아갔다.

그때만 해도 남편이 버스 노조에 조합장 한번 해 보겠다고 사람들과 깊은 인연을 쌓아가는 중이었다. 언제고 미용실에 나타나는 그 문제의 유부녀 배에다 비수를 꽂고 싶은 심정을 난 몇 번이나 참아야 했다.

왜? 그러면 난 유치장에 갈 거고, 아이들은 누가 돌보며, 그러면 남편 인생은 갖은 소문에, 하루아침에 매장될 거 같아서 바보같이 피눈물을 삼켜가며 지혜롭게 처리할 수밖에 별 방법이 없었다.

한번은 연락도 없이 남편의 늦은 귀가에 예감이 이상해 그 유부녀 집 전화번호를 알아서 전화하니 그 여자는 없었고 그 여자의 남편이 받았다. 분명히 남편과 그 여자가 같이 있다는 걸 난 예리한 직감으로 알 수 있었다.

너무나 약이 오르고 화가 나 "얼마나 못나고 모자라면 자기 여자가 바람이 나도 모르냐. 당신 여자 단속 잘해라." 하며 불쾌한 말 한마디를 하고 전화를 끊었다.

그러자 그 이튿날, 내 남편이랑 그 유부녀가 이 사실을 알아버렸다. 내가 언제까지고 모르고 있는 줄만 알았는데 아차 싶어서인지 일이 더 커지기 전에 수습하려고 어느 날 남편이 먼저 저녁에 미용실 문을 닫고 아이들 재워 놓고 한적한 골목으로 가 이야기 좀 하자며 말을 꺼냈다. 다른 여자를 만날 때는 분위기 있고 멋진 데 가면서, 나는 조용한 뒷골목으로 가자고 하는 남편이 못마땅했지만 따라갔다.

처음엔 나를 위로하려고 변명을 하다 안 되겠다 싶은지 한 번만 이해해 주라고, 그 여자랑 정리하고 다시는 그런 일 없도록 하겠다고 했다. 그 말에 난 딸들을 먼저 생각해서라도 못 이기는 체해야만 했다.

우리 부부가 한낱 가정을 두고 남의 남자와 부정을 일삼는 더럽고 불결한 여자 하나를 사이에 두고 싸우면 결국 피해를 보는 건 우리 딸들이란 걸 생각하지 않을 수가 없었다. 또 그 불결하고 더러운 여자로 인해 내 인격을 스스로 깎아 내리고 싶지 않아서 분수처럼 마구 솟구치는 울분과 분노를 차분히 가라앉히고 조용히 처리할 수밖에 없었다.

남편의 바람기는 잔잔하게 많이도 내 애를 태우더니 사십이 넘어가면서 서서히 잠자는 것을 느꼈다.

18

처음부터 준비 안 된 어설픈 미용실을 운영하는 데도 문제는 많았다. 미용사 자격증을 빌려준 아는 언니는 미용사 이상으로 간섭하며 설쳤다. 미용사 역시 내가 완벽한 기술이 없는 걸 약점으로 곤조 아닌 곤조를 부리느라 손님과 매상에는 신경도 안 쓰고 세월만 가라 난 월급만 타면 된다, 식이었다.

손님은 갈수록 떨어지고 매상은 없고, 이자와 일숫돈은 꼬박꼬박 내야 하고, 난 배우기는커녕 내가 해야 할 일만 더 늘어 항상 내가 가정집 도우미인지 미용실 주인인지 애매모호했다.

시장 봐서 반찬 만들어 미용사 밥 챙겨가며 비위 맞추어 주랴, 면허증 빌려준 언니 유세 떠는 거 다 감당해 내랴, 가족들 뒤치다꺼리 하랴, 실낱같은 한 가닥 조그만 희망도 보이지도 않아 도저히 미용실을 계속 할 수가 없었다.

사랑에 눈이 어두워 그 유부녀 꼬임에 넘어가 생각 없이 거창하게 시작해서 결국 삼 개월을 못 버티고 미용실을 접고 말았다. 비록 삼 개월 짧은 기간이지만 난 너덜너덜 마구 찢어진 걸레와도 같은 맘고생과, 몸이 바짝 말라 야위도록 고생도 자글자글하게 많이 하였다.

그러는 중에도 남편은 3개 노선의 인원 육백 명이 넘는 버스회사에서 노조 조합장 한번 해 본다고 쪼들리는 살림에 삼 년에 한 번씩

세 번이나 출마 후 떨어지니 빚만 소복이 남고 우리는 완전 거지가 되다시피 했다.

한 번은 실패했고, 두 번째는 조합장이 됐는데도 낙오자 중 나이 드신 한 분이 차 밑에 들어가 죽는다고 협박해 양보했고, 세 번째는 일곱 표가 모자라서 실패했다. '이번에는 되겠지'라는 큰 기대에 항상 비참하게 무너지니 그 좌절감은 이루 어찌 말로 글로 다 표현하겠는가?

남편은 노조 조합장 한번 해보겠다고 뭔가 부족한데도 침몰하는 배에서 보석 가방을 찾겠다고 뛰어드는 사람처럼 어리석게도 황소고집을 부렸다. 그러나 또 다시 노조를 한다고 하면 내 옷, 소지품 다 챙겨 내 인생 찾아갈 거라고 강력히 대응하니 싱싱하고 꼿꼿하게 버티던 강한 남편의 마음이 초겨울 날 잡초가 된서리 맞은 것처럼 숨이 죽어 다시는 노조 활동을 해 보겠다는 말을 하지 않았다.

너무나 커다란 것에 손이 닿지 않는 안타까움에 발만 동동거릴 뿐 대책이 서지 않아서 부질없는 짓인 줄 알면서도 난 보살 집과 절에를 많이도 찾아다녔다. 많이 접한 보살님과 스님이 내 남편의 사주를 봐 주시며, 공부를 많이 했으면 높은 자리에서 펜대 굴리고 나라의 국록을 먹고 살 팔자인데 배움이 모자라 평범하게 살자니 많이 고달프고 힘든 삶이 될 거라고 하셨다.

남편은 체격도, 인물도 좋고 대인 관계도 원만하며 배짱도 두둑하고 야망도 포부도 큰 사람이다. 그러나 가정에서는 가장답지 못하고 좁쌀스럽고 심통 많은 놀부의 마음을 많이 써서 가족에게 큰 대우를 못 받는 게 늘 안타깝고 야속하다.

19

월세로 돌려 살던 중 결혼 전에 남편이 화물차 기사 생활을 하던 차주집 주인을 만났다. 그동안 내 남편의 이야기를 안부 겸 다 듣고는 자기네 집 아래층 반지하가 비어 있으니 부담 갖지 말고 와 살라고 하셨다. 그 말씀을 듣고 너무나 감격하고 고마워 이사를 했다.

그 집은 25평 되는 넓은 평수의 기름보일러에 큰 방이 두 칸에다 너무 좋았다. 그 당시에는 연탄 한 장에 의지하던 때라 기름보일러 있는 집이 부자가 아니면 감히 생각도 못하던 때였다.

우리는 꿈에도 생각하지 못한 좋은 집에서 연탄 갈 걱정 없이 편하게 살 수 있었다. 이층 식구들에게 좁쌀스러운 설움은 좀 받아가면서도 잘 지냈다.

원칙을 따진다면 돈이 턱없이 부족하지만 보증금 오백만 원만 내고 살았다. 그나마 그것마저 내지 않고 산다면 그 돈은 간 곳 없고 사는 데 있어 기도 못 펼 것 같아서였다.

그런데 노조 조합장 선거에 한 표라도 더 얻어 보겠다고 이리저리 교제비로 들어간 돈을 갚으려니 사표를 내야 했다. 퇴직금 빼려고 사표를 내고 나니 살길이 막막해지고 다시 입사를 받아주지 않았다. 노조 운동을 한 사람은 어느 회사든 취업이 어려웠다.

하루아침에 백수가 되어 있는데 동료가 함바 겸 식당을 해 보는 게 어떻겠느냐며 아는 식당을 소개하면서 제안을 해 왔다. 그 집 들어가면서 준 돈 보증금 오백만 원을 찾아서 경험 없이 또 한정식 식당을 차렸다. 역시 몇 달을 못 버티고 접었다.

아파트 짓는 데 일하는 인부들을 아침 다섯 시 반, 점심 열한 시 반, 오후 세 시 반에 새참 챙겨줘 가며 종업원 하나 없이 일반 손님 받으랴, 배달하랴, 설거지하랴, 남편과 손발이 맞지 않아 다투기도 많이 했다.

새벽 일찍 일어나 버스를 두 번 갈아타고 식당에 나와 아침을 준비해 인부들 밥을 다섯 시 반에 먹도록 차려주면, 남편은 좀 더 늦게 6학년, 4학년, 2학년 세 딸을 데리고 식당으로 나왔다.

아침밥을 먹여서 아이들을 학교에 보내면 아이들은 공부를 다 마치고, 또 엄마 아빠가 있는 식당으로 왔다. 주위가 산만해 노느라 공부는커녕 숙제도 못 해 갈 때도 많았다. 부모가 식당 문을 닫고 늦게 열한 시 넘어 버스를 두 번씩이나 갈아타고 집에 가니 아이들도 같이 갈 수밖에 없었다.

빨래하는 것도 큰 문제가 되었다. 밤늦게 집에 가 세탁기를 돌릴 수도 없고, 식당에다 세탁기를 사 놓을 수도 없고 해서 틈나는 대로 식당 주방 바닥에 엉거주춤 앉아서 많은 빨래를 손빨래해서 말려 입고는 했다.

한번은 초등학교 2학년 막내딸 담임선생님이 엄마 좀 학교에 다녀가라는 호출이 왔다. 시간을 내려 해도 낼 수가 없어 가까이 사는 친정 여동생을 대신 보냈다. 선생님을 만나고 와서 하는 여동생의 말에 내 가슴이 더 아팠다.

애가 학교에서 졸거나 책상에 엎드려 자는 일이 허다 하니 어이된 일이며 대책을 세워달라는 내용이었다. 새벽에 일찍 일어나 부모 손에 이끌려 버스를 두 번씩 갈아타고 밤늦게야 집에 들어가고 하는 날이 반복되니 나름대로 어린 나이에 얼마나 고달팠겠는가?

또 이런 일이 있었다. 아이가 머리를 자꾸 긁어대기에 머릿속을 들여다보니 이가 생기고 서캐가 잔뜩 끼어 있었다.

그 당시 남편 친구 부인이 자주 놀러 와서 막내딸을 예뻐해 주셨다. 창피하고 자존심 상하는 마음은 선반 높이 올려놓고 간절한 마음으로 부탁을 했다. 우리 아이 머리 처리 좀 부탁한다 하니 아무렇지 않게 태연한 마음으로 깨끗이 처리해 주었다.

위로 두 딸들도 성적이 떨어지고 정서적으로 불안정한 부분이 많고 한창 엄마의 관심과 손길이 필요할 때인데 돌보지 못하니 늘 안타까움이 많아 마음의 발만 동동 거릴 뿐 방법이 희박했었다. 가끔 남편이 예쁜 옷도 사 입히고 놀이공원에 데리고 가서 먹을 것도 사줘가며 사진도 찍어주고 하루를 같이 놀아 주기도 했었다.

나 역시도 식당에 적응하지 못하고 하루 종일 밥 반 그릇도 못 먹고 칼날같이 예민한 신경에 독한 신경안정제만 먹어대니 내 허리가 한 움큼도 안 되게 살이 빠졌다. 다 죽어가서 병원에 가 위내시경을 하니 신경성 위염이 심하다며 육 개월간 약을 먹으며 치료하라 했다.

이래저래 적응을 못 하자 남편 취업이 돼서 식당을 그만하겠다고 했다. 마침 식당을 소개한 친구가 설비 가게를 한다고 자기에게 넘기라고 해서 넘겼다. 그런데 보증금 오백만 원을 이십 년이 흐른 지금까지도 받지 못하고 있다.

우리는 살던 집에서 식당을 해 보겠다고 보증금 빼서 날리고 매달 월세 십오만 원을 내고 살았다. 집에서 한동안 쉬다, 약을 먹어가며 파출부 일을 시작해야만 했다. 산다는 게 참으로 힘들었다.

아이들 셋이 중학교, 고등학교에 금방 금방 진학했다. 공납금 한 번을 제때 못 내어 매달 불려 다니니 능력은 되는데도 저희들 스스로 대학을 포기했는데 참으로 가슴이 아팠다.

나는 집에서 한동안 쉬다 약을 먹어가며 파출부 일을 시작해야만 했다. 산다는 게 참으로 힘들었다.

그 당시 아줌마들은 돈 벌려고 파출부 사무실에 가입해 아침 8시까지 가면 들어오는 순서대로 식당이며 가정집으로 일을 보내준다. 사무실 안에 나이에 관계없이 여자들이 가득 모이면 일이 있어 나가는 사람도 있지만, 일이 없어 놀다가 집으로 들어갈 때면 그리 허무할 수가 없었다.

사무실에서 일을 받으면 약도며 전화번호가 적힌 종이쪽지를 들고 물어물어 찾아간다. 일하기 편한 옷을 가방에 싸 가서 꺼내 갈아입고 먼저 주방으로 가면 산더미같이 쌓인 설거지에 빨래부터 하고, 집안 구석구석을 청소하고, 다림질 하고, 저녁 준비하고 궂은일까지 하고 나면 5시에 퇴근한다.

전신을 누구에게 실컷 맞은 것 같은 천근만근 되는 몸을 이끌고 퇴근하면 또 집에서도 같은 일을 반복하고 나서 밤에는 피곤함에 이내 잠이 든다.

새벽에 일어나 남편 출근시키고 아이들 밥 먹여 도시락 챙겨주고 나면 나는 나대로 부지런히 준비해 마지막으로 집을 나선다.

다 같은 부잣집이지만 어떤 집에 가서 일하면 사람 대접받으며 맛있는 점심에다 과일이며 커피까지, 두둑한 일당에다 양손엔 이것저것 가득 얻어 들고 집에 올 적엔 피곤함도 다 잊는다.

그러나 어떤 집에는 가면 사람차별에 점심밥 한 그릇도 제대로 못 얻어먹은 채 일만 잔뜩 하고 심신이 무척 고달파 온다.

한 번은 한 달에 한 번씩 부르는 집에 가니 할머니 혼자 계신데 가족 수는 많고 리어카로 두 대 분량의 빨래가 있었다. 그 산더미 같은 빨래를 보고 도망가는 아줌마들도 많았다고 나에게 매달려 사정하시는 할머니를 냉정히 뿌리치고 올 수가 없었다. 사무실에서도 이 집이 소문나서 서로 안 가려 하니 난감하다 했다.

잠시 잠깐이지만 난 기절하고 비참한 생각에 일을 하지 않고 집으로 가야하나, 하고 가야 하나 많은 갈등을 했다. 그 와중에 돈이 뭔지 돈을 벌려고 나와서 이일저일 가려서 할 수는 없다는 생각에 하루 종일 빨래만 하다 집으로 오는데 나의 발길은 참새가 방앗간 찾아가듯 저절로 약국으로 향했다.

그러면 영락없이 자리에 누워 며칠을 끙끙 앓다가 다시 일을 나가고는 했다.

또 일주일에 한 번 부르는 집에 가서 목욕탕 욕조 안에 있는 빨래부터 해 달라는 주인 말에 욕조 가득 넘치는 빨래를 보고 기가 막혀 할 말을 잃은 채 멍하니 한참을 생각 끝에 하자, 해보자며 팔을 걷어붙이고 일을 시작해 하루 일을 마치고 집에 올 때엔 두둑한 일당을 손에 쥐어주면 피곤함도 잊은 채 룰루랄라 하며 집에 오지만 병나면 약 사 먹고 며칠 일 못하면 헛일이란 걸 알게 되었다. 나중에는 요령이 생겨서 일이 수월한 가정집을 택해 한 집에 월, 수, 금 가고, 또 한 집에 화,

목, 토 가고 이렇게 일주일에 두 집을 다니며 2년 동안 일했다.

난 어디를 가도 내 몸 아끼지 않고 부지런히 일 잘한다고 이래저래 얻어오는 것도 많았고 일당도 많이 받았다. 우리 형편에 사먹을 수 없는 고기와 생선이며, 과일에다 고급 옷가지며 손에 가득 들고 집에 올 적엔 피곤함도 다 잊었다.

한 번은 여자 분 혼자 사는 집에 일하러 가니 이사를 한다며 이삿짐을 싸달라고 하기에 하루 일을 마치고 집에 오려는데 안 썼던 고급 그릇이며, 옷가지며, 딸아이들 주라고 예쁜 액세서리도 이것저것 너무도 많이 챙겨 주셨다. 주섬주섬 싸다보니 큰 보따리로 2개나 되는데 내가 힘에 겨워 하니 전철역까지 짐을 들어다 주셨다. 너무나 고마운 일이라 언제나 나의 가슴속 깊이 잊히지 않는 곱고 아름다운 추억이 되었다.

젊기에 힘든 줄도 모르고 두 손에 무겁게 들고 집에 와 보따리를 풀어 놓으니 동화 속에 나오는 흥부가 박을 켜서 금은보화가 쏟아지는 장면 같았다. 부자가 된 것만 같은 것이 저녁을 안 먹어도 될 것 같은 기분에 잠시나마 붕 떠 있다가 가족들 저녁준비를 하고는 했다. 이렇게 일을 잘 해주고 이래저래 많이도 얻어온 것들에 항상 고마움과 보람을 느꼈다.

파출부 일을 하려면 인상이며 외모도 좋아야 했었다. 가정집 일이 없으면 식당 일도 가끔 나갔었다. 식당에 일하러 가면 인상 좋고 일 잘한다고 단골로 와달라고 주인이 부탁하면 거절하기가 참으로 곤란한 적도 많았다. 난 가정집이든 식당이든 인기도 좋았다.

파출부 일을 다니면서 건강은 잃었지만 서울의 지리도 많이 알았고 빈부 차이가 얼마나 큰지도 깨달았고 세상살이가 어떻게 돌아가는지 배운 것, 들은 것도 많고 인생 공부 많이 했다.

이렇게 쓰다 보니 파출부로 일하며 고생한 것이 어느 영화의 필름 돌아가듯 머릿속을 번개같이 스친다. 서러움에 눈물이 마구 비 오듯 쏟아져 한바탕 울다가 다시 쓰는 내 마음은 착잡하기가 어디에 비할 수가 없다.

그러던 와중에도 1993년도 5월에 틈틈이 운전면허증에 도전해서 1종으로 시작하여 2종으로 교체해 필기, 실기 다해 아홉 번째 가서 어렵게 면허증을 손에 쥐었다. 수험표에 수입증지를 덕지덕지 붙여가며 서울 강서 면허시험장까지 오고가고 두 시간이 넘는 거리를 단단한 오기로 버티며 다녔다. 그때만 해도 강서 면허시험장에서 딴 면허증을 알아주던 때이기도 했다.

면허증만 따면 운전이 다 되는 줄 알고 잠시 착각 속에서 헤어나고 보니 시내연수가 문제였었다. 그래서 직업이 운전인 남편에게 배우는 수밖에 없었다.

남편에게 연수 받으며 엄청난 마음고생을 많이 했다. 운전에서 남편은 원로의 할아버지고 난 기초도 없는 손주에 불과한데 욕 먹어가며 혼나는 건 당연한 것 아닌가?

어렵게 딴 어떤 면허증인데 쉽게 포기하겠는가? 갈등도 많이 했다. 그러나 난 어금니를 꽉 물고 어디 다 배우고 보자며 가르쳐 주는 남편과 일심동체가 되어 잘 배워서 시내에 수없이 많이 달리는 차 행렬에 나도 끼어서 간다는 게 너무나 대견하고 행복 만땅이었다.

어찌나 남편의 큰소리와 짜증, 욕을 대박으로 얻어먹고 꼼꼼하게 배운지라 20년이 지난 지금까지 사고 한 번 안 냈고 면허증 역시 어디서 경찰관에게 제시해본 적도 한 번 없다.

그러다 남편 회사 내에 주차장자리가 여의치 않아서 우리 집 승용차로 아침저녁으로 출퇴근을 시켜 주었다. 새벽이면 세 아이들 밥 챙겨 먹이고 도시락까지 챙겨야 하고 내 몸은 기계처럼 일했다. 그러다 일요일은 집안일이며 아이들과 같이 지내주고 좀 쉬곤 했다.

그렇게 일주일을 바쁘게 살아가니 무리가 되지 않았나 싶다.

어느 날 저녁에 남편 퇴근시키러 나가는데 한쪽 눈이 깜박거리지 않는 걸 느꼈다. 이상하다 왜 이러지 하며 집에 올 적엔 남편 보고 운전하라 해서 왔다.

큰 문제가 생겼다. 한쪽 귓속이 찢어지게 쑤시고 아팠다.

그때가 밤 12시라 약국에도, 병원에도 갈 수가 없어 진통제 한 알 먹고 내일을 위해 어설픈 잠을 자야만 했다.

아침에 일어나니 입이 너무나 떫었다. 화장실에 가서 양치질을 하는데 한쪽으로 물이 질질 흘러 내려 거울을 보니 한쪽 얼굴이 비뚤어지고 입이 일그러졌다. 곤히 자는 남편을 깨워 "내 얼굴 좀 봐. 왜 이러지?" 하니 그때만 해도 우리 가족은 안면마비에 대한 지식이 전혀 없고 생소하던 때라 남편은 자다 깨어 "난 모르겠네. 이따 병원에 가 봐" 하면서 출근했다.

남편을 출근시키고 아이들을 학교 보내고 가까이 사는 여동생과 한

의원을 찾아가니 이런 청천벽력 같은 일이!

늦은 밤 지하철처럼 전조등을 밝히며 불쑥 찾아들은 불청객 같은, 과로와 영양부족, 신경성에서 안면마비가 온 것이라고 했다. 이 병은 침과 한약으로 고치되 일주일 안에, 한 달 안에, 삼 개월 안에, 육 개월 안에 못 고치면 한 세월 없다 했다.

울고불고 집으로 와서 남편에게 전화하니 집 가까이에 사는 한의원 친구 분에게 침을 맞고 약을 먹으면서 치료해보자 했다.

그 당시 큰 병원에 가서 MRI를 찍고 원인을 더 자세히 알아본 후 치료해야 하는데 옆집 친구 분에게만 몇 달 매달려 시기를 다 놓치고 치료를 해도 좀처럼 낫지를 않았다.

옛말에 엎어진 김에 쉬어가라는 말이 있다. 문화생활, 친구, 이웃도 모르고 부모형제가 있어도 고아처럼, 오로지 가족과 가정에만 매달려 우물 안 개구리처럼 살아온 내 삶을 뒤돌아보니 허무하고 서러운 마음 어디에 비교하며 그 무엇으로 위로가 되리! 가족 모두 아침에 나간 뒤 하루 종일 펑펑 우는 게 나의 하루 일과였다.

그러기를 3, 4개월. 좋다는 데는 어디든 시간에 관계없이 남편이 나를 차에 태워 다니며 치료를 받았다.

얼굴이 일그러지니 입도 돌아가 밥도 커피수저로 먹고 물도 빨대로 먹다가 너무 비참한 생각이 들면 밥그릇 팽개치고 울 때도 많았다.

밤에 잠을 자는데 한쪽 눈이 감기지를 않아서 아침에 일어나면 눈에 모래 들어간 것 같이 따갑고 쓰라려 안과에 가니 공기가 들어가 눈물이 말라서 그러니 안대를 하고 자라 해서 자려고 안대를 하면 그리 비참할 수가 없었다.

한약과 침은 일 년 내내 달고 살았다. 그 덕에 20년이 흐른 지금도 한약은 반갑지 않고 침이라면 자다가도 놀라 벌떡 일어나며 보기만 해도 온몸 피부는 닭살 같고 솜털이 비상 걸린 듯 다 일어선다.

세월은 덧없이 흘러가고 돌아간 얼굴은 언제나 그 자리였다. 그러다 늦게야 큰 병원에 가서 MRI 촬영을 하니 의사선생님께서 우리 보고 치료를 거꾸로 했다고 꾸중하시며 고치는 것은 여기서 포기하라 하셨다.

그래도 실낱같은 희망만 어디서 들었다 하면 부질없이 울면서 찾아 다니고 울면서 아픔과 서러움을 참아가며 견디어 내었다.

한 번은 포기상태로 지쳐있는데 누구의 소개로 자격증 없이 침술을 하시는 용하다는 어느 노인 분에게 몇 개월 치료를 받는데 실낱같은 바늘을 얼굴과 머리에 고슴도치 같이 많이 꽂으면 소리 없이 소나기 같은 눈물을 참 많이도 흘렸다.

그해 울은 눈물이 평생 울을 눈물 다 흘렸을 것이다.

어찌 울어도. 울어도 메마르지 않는 눈물이든지

시골에서는 큰집동서고, 언니, 형부고, 엄마며 시골에 잘 고치는 데 가 있으니 며칠 내려와 있으면서 고쳐가라고 날이면 날마다 어쩌면 그렇게 줄기차게 전화로 고문을 해대는지. 나는 가족 뒷바라지 때문에 며칠씩 집을 비우기도, 가고 싶지도 않아서 안 갔었다.

한 많고 험한 세상에 나를 태어나게 해달라고 매달려 떼쓰고 부탁한 적 없는데 왜 우리 엄마는 날 낳으셨을까? 그래도 엄마라고 엄마 보고프다 울며불며 애타게 찾아대도 3개월이 지나서야 얼굴을 비춰주는 야속한 엄마였다. 늦게나마 자식이라고 동생이라고 찾아와서는 엄마나 언니나 나를 가슴에 끌어안고 등을 토닥이며 위로해도 다 내게는 부질없는 짓이며 그저 서럽고 왜 이런 일이 나에게 생긴 걸까 하는 생각밖에 들지 않았다.

언니, 형부가 엄마 모시고 우리 집에 들어서며 신발도 채 벗지 않은 상태에서 "시골 와서 고쳐보라는데 왜 안 내려 오냐?"며 목소리 톤을 높여 원망과 비난을 퍼부어대고 내 속을 마구 헤집어 대자 남편은 환자 편하게 못해 주려거든 다 가라며 한바탕 서로 뒤엉켜 분란과 소란을 피우다 편치 못하게 하룻밤을 지내고 시골로 내려갔다. 난 문병 와서 환자에게 예의가, 태도가 아니라고 울며불며 난리를 쳐대며 밥 한 끼 제대로 못해 주었다.

내 나이 60을 바라보면서도 팔남매 자식들 하나같이 당신 뱃속에 열 달 품었다가 배 아파 낳고서도 차별대우하시는 우리 엄마가 이해가 안 되며 정이 안 가고 야속하다. 나 역시 가슴 저 밑바닥에서 우러나오는 효도 한 번 못해본 내 마음도 천 갈래, 만 갈래 갈기갈기 찢어질 것 같은 괴로움과 아픔을 느낀다.

그리움이 미움으로 변했는데 엄마를 본들 무엇 하겠는가? 사람과 사람 사이는 그리움과 아쉬움이 받쳐 주어야 신선함과 인간미를 지속할 수 있는 것이라 생각한다.

엄마, 언니, 형부 그렇게 다 간 뒤 아버지의 명령인지 또 다시 남동생 내외가 문병을 왔다 가며 돈 몇 십만 원을 넣은 흰 봉투를 내 손에 쥐어주고 갔다.

남동생 내외가 한정식 식당을 하면서 잠시 정육점을 했었다. 남동생이 여러 차례 보내준 소꼬리며, 가까이에 사는 여동생이 여러 번 사

준 사골이 비싸고 좋은 음식이란 걸 모르는 이는 없을 것이다.

그러나 내가 친정에서 인정받는 자식도, 형제도 아닌데 그 비싸고 좋은 음식이 나에게 오기까지의 과정을 생각하면 아무런 대가 없이 공으로 들어온 것을 내가 받을 자격이 되는지 반갑지도 않고 의아하기만 했다.

우리 친정 식구들 내게 향한 마음이 진심인지, 동정인지 분별이 안 되었다. 자식 위해 살아야겠기에 냉정히 거절하지 못하고 엉겁결에 받아서 모두 다 잘 고아서 먹긴 했지만 늘 큰 부담으로 남는다.

한 번은 점심에 그 국물을 데워 먹는다며 불 위에 올려놓고 마당에 나가니 옆집 아줌마와 이층집 주인이 계절이 김장할 때라 배추 보러 가자고 해 다 우리 차에 태우고 가느라고 깜빡 잊고 한 시간 정도 있다 집에 오니 사골국이 뼈째 다 타서 화장터에서 시체 태운 냄새나 연기 같은 게 반지하 온 집안에 가득하고 그 때문에 이층집 결혼한 딸한테 마음에 상처와 설움을 많이 받았다.

그 고약한 냄새는 며칠간 쉽게 빠지지 않았다.

마음에 구멍이 숭숭 뚫린 듯이 허전한 날이면 허망한 생각들이 머리에 가득해지고 무엇이 그렇게 그리운지, 무엇이 그렇게 아쉽고 서러운지 마음을 빼앗기지 않으려고 누덕누덕 기워 놓아도 마구 흔들리는 마음을 막을 수는 없었다.

남편 출근하고 세 딸들 다 학교간 뒤 가끔 현관 앞 나무 그늘에 혼자 앉아 쫓기듯 살아온 지난 시간과 과거를 회상하고 있노라면 지극히 드물지만 나를 행복하게 해 주었던 추억들이 감미로운 바람과 함께 찾아와 고단한 내 두 뺨을 어루만져주고 내 등을 토닥여주곤 했다. 사람은 자연에 기대고 자연은 사람을 보듬어 쉬도록 자리를 내어 준다고 생각하니 가슴이 따뜻해진다.

그해 친정고모네 곗돈 천만 원을 타서 전세 얻어 이사 나가려다 그 돈을 그해에 다 까먹었다. 1년이라는 세월을 병 고친다고 놀다 보니 갑갑하기도 했다.

얼굴이 이러니 어디 맘대로 다닐 수도 없고 마구 일그러진 입으로는 발음도 제대로 안 되서 어디 누구와 말하기도 괴롭고 해서 혼자 집에서 거울이나 쳐다보고 울기만 할 수밖에 없었다.

어항이 깨져 쏟아지는 물처럼 내 눈에서는 눈물이 한없이 쏟아졌다. 우울증이 단단히 걸린 듯 두 눈가엔 눈물이 마를 날이 없었다.

폭풍이 아무리 세도 지난 뒤엔 고요하고, 외로움이 아무리 지독
해도 한낱 눈보라일 뿐이라더니 고통이 기억마저 으깨버린 것인지
도대체 어떻게 그 많은 날들을 견뎌 냈는지 알 수 없었다.

사랑이더라!

그때 나에겐 좋은 일이 있었다.

집 가까운 곳 군부대 헌병대에 상사로 근무하시는 분이 남편 친구라 군부대에 새로운 직종이 생겨 사병 식당에 민간 조리원 채용을 한다는 보고가 내려졌으니 나보고 거기 입사를 권해주시고 적극적으로 도와주셨다.

공부만 하다 군에 온 취사병들이라 좋은 부식으로 조리를 제대로 못해 잔반으로 나가는 걸 방지하기 위해서 음식 간만 맞춰 주면 된다고 했다. 자식 같은 사병들과 시간 보내기도 좋고, 힘든 것도 없고 틈틈이 잠도 자고 책도 보고 다시없을 직장이라고 추천해 주셨다.

그래서 군부대 엄격한 신원조회를 무사히 마치고 입사해 들어갔다. 9시 출근, 5시 퇴근, 하루 일당이 2만 원이고 약간의 퇴직금도 있었다. 사병 육백 명 인원에 취사병 열한 명, 대단한 규모의 군부대였다.

난 돈이 목적이 아니라 우선 건강을 위해 하루하루를 즐겁게 생활하고자 하는 거였다. 매일 매일이 즐거웠다. 깨알같이 많은 사병들 속에서 하루의 시간은 물같이 잘도 흘러갔다. 남는 게 시간이라 책도 즐겨 볼 수 있었다.

그때 가까이 살던 여동생이 현금으로 오백만 원을 보태주고 친정 고모님이 계를 하시는데 계를 들어 몇 개 끌어 오고, 은행에 적금 들어 대출 받고 해서 모은 돈이 삼천오백만 원이었다.

그 돈으로 단독주택에 살게 되었다. 전세방 네 개, 거실, 주방에 완전 대궐이었다. 다섯 식구가 방 하나씩 차지하고 그야말로 꿈에 그리던 내 집을 장만한 것같이 좋았다. 그러나 그 집에서도 평탄치만은 않았다.

두 딸들이 직장에 다니고 막내가 고등학교 다닐 때이다.

매일 늦은 딸들의 귀가에 너무나 약이 오른 남편이 식구들을 다 때려죽인다며 양 어깨를 시원하게 해주는 안마기를 들고 설쳤다. 그런 남편을 말리려다 안마기에 내 뒷머리를 얻어맞고 머리가 터져 피가 뚝뚝 떨어졌다. 그걸 보고서야 소란은 조용해졌다.

또 한 번은 남편이 큰딸에게 호적 파서 집 나가서 맘대로 살라고 했다. 큰딸은 자기 방 정리정돈은 그림같이 잘해놓고 소지품 아주 작은 거 하나라도 애지중지 끔찍이 여기는 아이인데 엄마인 내가 울며불며 애원하는데도 옷 가방을 챙겨서 냉정히 집을 나가 친구 집에서 이십일간 있다 들어왔다.

그동안 난 얼마나 많은 애를 태우고 얼마나 많이 울었는지 모른다.

짐승도 새끼가 어디 팔려 가면 그쪽 보고 밥도 잘 안 먹는다는데 하물며 인간이 제 새끼 소중함을 모른대서야 말이 되겠는가? 나도 그때 밥을 제대로 먹지 않고 우는 게 일이었다.

그 당시 그 집에서의 생활도 4년 만에 접고 꿈에 그리던 전원주택 하나를 짓게 되었다. 전세금 빼고, 대출을 받고, 사채를 빌리고 일이 순조롭게 진행이 잘되었다. 나는 집 짓는 데 인부들 밥해준다고 잘 다니던 군부대를 오 년이라는 경력을 남기고 퇴사 할 수밖에 없었다. 너무나 아쉽고 섭섭하였다. 남편도 다니던 직장에 사표를 내고 우리 부부는 일심동체가 되어 집짓는 데 전력을 다 기울였다.

집은 사 개월 만에 완성이 됐다. 그 집 지을 때 땅을 반쪽만 사고 반쪽은 나중에 사든지 세를 내든지 하라는 전원주택지 소개자 말만 듣고 집을 짓고 이사했다. 이층집으로 위아래 층 오십 평이며 너무나 넓고 좋았다.

내 집이라고 생겼으니 얼마나 좋으리. 그 넓은 마당에 한 평씩 돈대는 대로, 틈나는 대로 잔디를 심었다. 날씨는 봄이라 얼마나 뜨거웠는지. 그러나 그 뜨거움도 모르고 잔디를 심었다. 때로는 배고픔도 잊은 채 열심히 내 집을 가꾸어 나갔다.

시내버스 이십오 년을 하고 해마다 이제나저제나 너무나 간절히 원하던 개인택시도 탔다. 그 원했던 개인택시도 일 년 만에 레미콘차로 바꾸어 이 년 하고 벌크 트레일러로 바꾸어 일했다. 직업정신과 일에 대해서는 아주 책임감 있고 충실했다.

돈 대는 대로 정원수도 사다 심고, 수돗가도 예쁜 돌로 쌓아서 시멘트를 발랐다. 텃밭에 상추, 고추, 부추도 심었고 더덕도 심어 줄을 매어 올렸다. 우리 부부가 정성들여 집을 잘 꾸미고 집들이를 했는데 웬만한 잔칫집보다 더 손님이 많았고, 축의금에, 세제, 화장지 들이 산더미처럼 들어오고 경사 아닌 큰 경사였다.

많은 사람들이 부러워했다. 어디서 돈이 생겼나? 복권이라도 당첨됐나? 어디 재산 상속이라도 받았나? 모두가 악어처럼 벌어진 입을 다물지 못하고 궁금증을 풀어 보려고 난리였었다.

그 좋은 집에서도 좋고 나쁜 일이 많이도 일어났다.

친정 이야기를 좀 하자면 난 늘 친정 부모 형제랑 사이가 원만하지 못한 게 한이 되었다.

아버지보다 엄마가 나를 항상 차별 대우하셨다. 나에게 주어진 팔자 운명인지, 난 엄마가 나에게 따뜻하고 다정스레 대해 주시지 못함을 느끼고는 엄마의 많은 애를 태우고 자랐다. 커서 객지생활을 하면서도 늘 엄마의 속을 많이도 태워 드렸다.

난 나의 사춘기에 더 비뚤어진 성격을 잘 안다. 옷으로 말한다면 윗옷 첫 단추 잘못 끼워 입은 옷과도 같은 인생을 살아왔다.

아버지께서는 무척 인자하시고 자상하셨다. 매일 식사 때마다, 틈틈이 시간이 허락할 때마다 자녀들에게 가정교육을 시키셨다. 여자란, 하며 일장 연설을 시작하시면 식사가 다 끝날 때까지 하셨다. 아버지의 긴 잔소리가 싫어서 밥을 따로 비비든가, 국에 말아서 슬그머니 언니나 동생이랑 밖으로 나와서 마루에서 먹고는 했다. 훗날 커서 지난날을 되짚어 보니 그리 후회가 될 수가 없었다. 아버지가 가정교육을 하시는데 듣지도 않고 피한 순간순간들.

제일 기억에 남는 일 한 가지는 내가 초등학교 이삼 학년 때인 것 같다.

아버지는 늘 자전거로 목수 일을 다니시는데 꼭 나를 자전거 앞에 태워 주시곤 하셨다. 어느 날은 긴 오르막길에 다다랐는데 자전거에서 내려 끌고 가시지 않고 그대로 가셨다. 그때 하늘에 닿을 듯 헉헉 대는 아버지의 거친 숨소리가 내 귓가에 부담스럽게 들렸다.

나 학교에 늦을까 봐 열심히 페달을 밟으셨던 아버지. 어린 나이에 도 무척 안타깝고 가여우셨다. 자식이 뭐길래……. 철이 들고부터 지 금까지도 잊을 수 없는 콧날이 찡하는 고운 추억이다.

난 어린 나이에도 들에서 고된 일을 하시고 집에 오시는 아버지 수 고를 덜어드린다고 아버지가 해야 할 일을 많이도 도와드렸다. 마구간 소를 낮에는 밖에다 내다 매놓는다. 나는 그때 소 없는 소 마구간에 아버지의 긴 장화를 신고 쇠로 된 쇠스랑을 들고 들어가 소가 똥 싸 서 짓밟아 놓은 것을 찍어 밖으로 끌어내는 일을 몇 번이고 했다.

나는 아버지의 칭찬도 많이 받았다. 아버지 직업이 목수라 난 아버 지 하시는 일도 많이 따라 했다. 어디 못 박는 일, 나무로 뭐 만드는 일, 시멘트가루 개어서 어디 뭐 만드는 일 등등. 아버지는 여자라도 배울 건 다 배우라 하시며 몹시 흐뭇해 하셨다.

아버지는 내가 결혼해 사는 집에 가끔 다니러 오시면 세 들어 사는 집 이 어디 불편한 데는 없나 한 바퀴 둘러보시고 쌀과 연탄도 사 주시고 엄 마 몰래 용돈까지 내 손에 쥐어 주시고 가시곤 했다. 그런데 나의 효도도 못 받으시고 회갑 지나고 얼마 후 병환으로 먼 황천길로 가시고 말았다.

친정엄마 칠순 때에 일이다.

늘 친정 부모님 생신 때 거의가 참석을 못 하다 보니 어느 날 나만 빼놓고 친정 식구, 친척들 모두 관광버스 한 대에 다 타고 먼 데 가서 칠순잔치를 잘 치렀다는 말이 몇 년 후 내 귀에 들리는데 그리 서러 울 수가 없었다.

나도 그 집 딸이고 가족이건만 사는 데 바빠 엄마 칠순도 못 챙긴 내게도 문제는 있지만 어찌 내게는 연락도 없는가? 왜 안 오는지 한마디 물어 오는 사람도 없었다.

언니는 팔 남매 맏이로서 이리 무책임해도 되는가? 동생들을 두루 두루 챙겨야 할 의무가 있는 거 아닌가? 아무리 생각해도 서운하고, 서럽고 견딜 수가 없었다. 몇 차례를 많이 울다가 언니에게 만리장성의 편지를 보냈으나 이렇다 할 답장은커녕 핸드폰으로 문자 하나 없었다.

남편에게도 말을 못한 채 섭섭함을 가슴에 지닌 채 살 수밖에, 항상 친정에다 도리를 못 하니 내 놓은 자식이다 생각할 수밖에……

엄마가 나를 잘 챙겨야 밑에 동생들이 보고 배우고 언니 대접을 할 텐데 난 언제나 고아 아닌 고아같이 살아간다. 엄마가 늘 나를 소홀히 대하니 동생들이 나에게 잘할 리가 없다.

같은 서울에 동생들이 셋이나 산다. 엄마가 서울 딸네 집에 오면 그 세 집에만 한 달이고 두 달이고 계시다 내려가신다. 우리 집에는 내 남편이랑도 사이가 안 좋아서 그런지 잘 오지를 않으신다. 장모 사랑은 사위, 사위 사랑은 장모라는데 내 남편도, 우리 엄마도 서로 사이가 좋지 못하다. 둘 사이의 벽이 두껍다. 내 형제간 사이에도 벽이 두꺼워지는 건 당연하다.

부모가 되어 자식이나 사위나 많은 이해 속에 사랑으로 포근히 감싸 안아야 되는데 옛날 분이라 배움에 있어 기초가 없고, 가정에 이리 저리 교통정리 잘 못하시는 게 늘 섭섭하고 안타깝다.

항상 우리 집 부부 싸움은 친정으로부터 시작되고 많이 다툰다. 또 내 남편은 너무 별나다. 고집도 세고 변덕과 심통도 심하고 기도 대단히 세다.

나에게는 무덤까지 가져가야 하고 치유되지 못하는 소름끼치는 상처와 아픔이 있다. 난 집에서나, 시장에서나 가죽으로 된 남자 허리띠만 보면 전신에 개미가 기어 다니는 듯하고, 불 위의 오징어가 오그라드는 듯한 느낌을 느낀다.

내가 남편에게 기에 눌려 살게 된 동기는 다음과 같다.

큰딸 돌도 안 지나서 일이다. 그때만 해도 웬만한 변두리 집에는 부엌에 수도가 없고 마당에 있는 공동 수돗가에 나와서 설거지하고 빨래하던 때였다. 세 들어 사는 가구 수가 여섯 집이었다.

하루는 수돗가에 여자들이 모여서 수다가 늘어지는데 남편이 쉬는 날 씻으러 나왔다가 내가 시어머니에 대해 말실수를 했다고 방으로 불러들였다. 그런데 조용한 대화로서 깨우침을 주는 것이 아니라, 마구 소리를 지르고 욕을 해가며 허리띠를 손에 감아쥐고 나를 사정없이 후려쳤다. 그러고는 외출한다고 나갔다.

한참을 울다 보니 나랑 동갑인 아줌마가 들어왔다가 옷을 벗겨보고는 많이 놀랐다. 어쩜 몸에 구렁이 감아 놓은 것처럼 피멍이 들었는지. 그때부터 약한 내가 너무나 드센 남편을 상대할 수가 없었고 당할 수가 없다는 걸 깨달았다.

태어나고 자란 과정이 생소한 남녀가 부부의 인연을 맺어 살면서 부부지간의 이음줄인 자식을 낳고 일생을 같이 살아야 한다는 게 너무나 큰 슬픔인 것 같고 한스럽다. 난 온실 속에서 가냘프게 웃자란 화초같이 마음이 여리고 기가 약한 여자다.

이런 일이 한 번 더 있었다. 막내딸 두 살 때 일이다.

그때 스탠드바가 한창 유행하던 때였다. 아이들을 다 재워 옆집에 부탁해 놓고 처음으로 몇 집이 같이 저녁에 어울려 가서 술 마시고 춤도 추고 잘 놀았다. 그런데 12시 넘으면 여자들이 실오라기 같은 브래지어와 팬티만 걸치고 스트립쇼를 한다며 그거 보고 가자고 해서 그걸 보고 늦게 집에 와 전쟁 아닌 한바탕 난리가 났다.

내가 "여보, 거의가 매일 저런 거 보고 다니느라 가정에는 소홀하고 술에 취해 늦게 다니셨소?" 하자 좋은 데 데려 갔는데 무엇이 문제냐며 순식간에 억센 주먹이 내 얼굴에 날아와 입술에 맞았다. 그리고 혁띠를 손에 감아쥐고 몇 차례 후려치고는 떨어져 이내 잠들었다.

금방 입술이 피멍이 들고 풍선처럼 부풀어 올랐다. 몸에도 구렁이를 감은 것처럼 피멍이 잔뜩 들었다. 며칠을 많이도 울었다. 정말이지 소름끼치는 남편과 이혼이라도 하고 싶었다.

그러나 이혼이 어디 그리 쉬운가? 누구나 부부의 인연은 쇠심줄보다도 더 질긴 것 같다. 서로가 자식을 위해 서로가 서로를 놓치지 않고, 버리지 못하고 울며 겨자 먹기로 붙잡고 일생을 살아야 한다는 게 양 어깨에 힘들게 걸머진 소 멍에와도 같다. 너무나 억울하고 안타깝다.

이런 적도 있었다.

도로가에 열두 집이 사는 곳으로 이사를 왔는데 둘째 딸이 네 살 때였다. 어려서는 먹고 자고 그리 순하던 둘째 딸이 걸어 다니고부터는 얼마나 천방지축으로 마구 별나든지 대문 밖에 나가서 찻길을 이리저리 마구 건너다니고 순간순간 나의 간을 서늘하게 할 때가 많았다.

그리고 아침에 일어나 밖에 나가면 개구쟁이처럼 천진난만하게 잘 놀지만 머리부터 발끝까지 인절미 떡 고물에 묻힌 것처럼 흙을 잔 뜩 묻혀서 들어왔다. 씻기면서 매도 많이 때렸다. 그러나 울며 방으로 들어가서는 아이라 금방 잊어버리고 깔깔대며 웃고 잘도 놀았다.

어느 날, 말썽부린다고 너무나 화가 나 아이 뺨을 세게 때리고 나서 보니 뺨에 손자국이 남아 있었다. 저녁에 남편에게 꾸중 들을까 싶어 남편 친구의 아는 부인이 왔기에 우리 아이 좀 데려가 하룻밤만 재워서 데려다 주면 안 되느냐고 하니 그러겠다고 하셨다.

아이를 보내려고 옷 몇 가지를 싸 놓고 보내려 하니 마음이 아팠다. 아이가 남의 집에 가서 엄마 찾으며 울 것을 생각하니 도저히 보낼 수가 없었다. 차라리 내가 꾸중 듣고 말지 저 어린 거 맘고생 시켜서 되겠나 싶어서 안 보냈다.

남편이 미우니 자식까지 잠시 미웠었다. 저녁에 들어온 남편에게 다행히 큰 꾸중 없이 잘 넘어갔다. 그 후로는 그 아이를 되도록 따뜻하게 대해 주었다.

　딸아이 셋씩이나 데리고 세 살면서 이웃이 흉볼까 봐 둘째아이는 시골 큰댁에 일주일 보냈다 데려오고 했었다. 그 아이는 잔병치례로 잔잔하게 부모의 애간장을 많이도 태웠고 많은 기쁨과 즐거움을 주기도 했다.

사랑이더라!

한번은 남편이 술에 취해 늦게 들어와 자고는 아침에 일을 안 나가기에 물었더니 술집에서 외상값 안 갚는다고 시계, 반지, 면허증까지 다 빼앗기고 왔다고 했다. 콧구멍이 둘이나 되니 숨을 쉬지 하나만 있으면 숨을 어이 쉬리. 너무나 기가 막히고 코가 막혀서……

곰곰이 생각을 한 결과 내가 찾아가 면허증이라도 찾아와야지 마음먹고 저녁을 해 먹은 뒤 남편에게는 어디 간다 말도 않고 그 술집을 찾아 갔다. 우습게 보이지 않으려고 자존심은 상하지만 안 하던 화장을 하고 외출복 옷으로 갈아입고 음료수를 사들고 정중히 찾아가 내가 누구란 걸 밝히고 사정을 했다.

"미안하고 죄송합니다. 영업에 지장을 준 남편, 얼마나 약이 오르고 미웠으면 그리 했겠나 이해는 갑니다. 그러나 면허증만은 주시면 안 되려는지요. 일을 해야 벌어서 술값을 갚을 거 아닌지요." 하며 사정을 하니 못 이긴 채 은근슬쩍 뒤로 빼는 척하더니 면허증만 주었다.

집에 와 남편 앞에 내 놓으니 남편이 놀라서 숨이 넘어 가게 자초지종을 묻기에 태연하게 이야기하니 미안하다고 잘못을 빌었던 일도 있었다.

한 집에 열두 가구가 세 들어 사는 안채에 전세 살 때 일이다.

어느 날 저녁에 남편이 술에 취해 들어왔다. 저녁상을 차려 들어가 밥을 먹으며 약간의 의견 충돌이 있었다. 밥상이 뒤집어져 엎어지고 물 주전자가 밖으로 날아가고 한바탕 소란이 벌어졌다. 막내딸이 엉금엉금 기어 다닐 때였다.

난 쫓겨나다시피 그 넓은 집 대문까지 나왔다. 너무나 속상하고 이웃 보기 창피하고 어디론가 가고 싶었다. 기회는 이때다 하고 나갈까? 아니 안 되지, 아이들은 누가 키워? 내 가슴속 두 마음이 좁은 공간 가슴속에서 짧은 시간이지만 너무나 싸우고 갈등했다. 그러나 본심인 내가 눈물을 머금고 지고 말았다. 아이들 키우고 살자고.

문간방 할머니 부엌에 가 숨어서 한참을 울다가 조용하기에 살금살금 방에 들어갔다. 남편과 큰딸 둘은 잠에 떨어져 자고 막내딸만 기어 다니면서 바닥에 떨어져 뒹구는 반찬이고 밥이고 마구 주무르고 먹고 있었다.

그 광경이란 눈물 없이는 절대 볼 수 없었다. 소나기처럼 마구 흐르는 눈물을 여기저기 흘려가며 엎어진 밥상을 치우고 아이를 씻기고 재우며 같이 자려는데 많은 생각과 갈등으로 잠이 쉽게 오지를 않아서 그의 뜬눈으로 밤을 하얗게 새웠다. 태양이 아무리 높게 뜨고 햇살이 눈부시게 쏟아져도 암담한 느낌에 살맛이 나지를 않았다.

그리고 그때부터 비겁하고, 야비하고, 인정도, 사랑도 없이 야만인 같은 저 사람과 살아야 하나, 이혼을 해야 하나, 무진장 많은 갈등을 겪어야만 했다. 우리 부부는 언제나 의견 충돌이 일어나면 난 이유 불문하고 조용히 기죽어 있어야 한 차례 큰 태풍을 면할 수 있다.

첫째는 남편의 천둥 벼락 치는 큰 소리가 싫었고, 둘째는 입에 담아서는 안 되는 욕을 마구 퍼부어 대는 소리가 싫었으며, 셋째는 짐승같이 야비하게 폭력을 쓰는 게 무서워서이다.

이해심 많은 넓은 마음으로 죽을 만큼 비관하고 서러운 내 마음과 가슴을 쓸어내리며 변덕 심통 많은 마음으로 내 인격을 무시하고 기죽이는 남편의 마음과 행동을 언제나 보기 좋게 포장해 사니 힘든 하루하루를 살 수 있었다. 언제나 내 얼굴엔 짙은 어둠만이 잔뜩 내리깔려 있다고 주변 사람들의 말을 듣고 있노라면 내 기분과 마음은 더 서럽다.

일가친척, 부모 형제에게 갖은 비난을 받기도 했다. 왜 그러고 사느냐고. 그래도 난 벙어리 냉가슴 앓듯 어디에 이야기도 못하고 살아야만 했다. 나에겐 내 살점과도 같은 세 자매가 있어 내 손으로 키우고, 내 품으로 지켜주기 위해서였다. 미물의 짐승들도 지 새끼는 끔찍이도 소중히 여기는데 인간의 탈을 쓴 사람으로서 짐승만도 못한대서야 되겠는가 싶었다.

난 이 세상에서 즐길 수 있는 그 흔한 여행, 관광, 문화생활, 이웃도, 친구도 모르고 오로지 가정이라는 울타리 안에서 남편과 자식만을 바라보며 우물 안 개구리처럼 살았다. 남편은 나를 한 가정의

여자로, 아내로, 엄마로, 며느리로서 너무 완벽하기를 바라고 무조
건 따르기만 하는 한 마리 애완용처럼 정숙하게 자기 입속의 혀처
럼 그림자처럼 살기를 요구했다.

사랑이더라!

결혼 초기에서 아이들이 초등학교에 들어가기까지, 삶에 있어 적응을 못 하고 중심을 못 잡아서 참 많이도 갈등하고 반항하며 방황했다. 한 잔의 쓴 술에 의지하며 많이도 울고 살았다. 내 마음을 달래고 위로해주는 데 있어 그 어느 누구보다 술만큼 좋은 건 없었다.

한번은 늦은 밤 남편이 귀가하지도 않았는데 술에 취해 세상모르고 잔다고 늦게 귀가한 남편이 내 머리채를 움켜쥐고 끌고 가 옛날 시멘트 주방 바닥에 수도꼭지 밑에 내 머리를 갖다 대고 찬물이 나오는 수도꼭지를 틀어댔다. 참으로 암담하고 비참했다. 이러고도 살아야 하나?

싱싱한 꽃을 피우기 위해서는 눈부신 태양과 뿌리를 내릴 수 있는 흙, 그리고 비가 되어 내리는 물이 있어야 하듯이 짧은 시간이지만 난 많은 생각을 했다. 살아야 할까? 죽어야 할까?

자신이 한없이 초라할 때

산에 한번 올라가 보십시오.
산 정상에서 내려다 본 세상
백만장자가 부럽지 않습니까?

아무리 큰 빌딩이라도
내 발아래 있지 않습니까?

죽고 싶을 때
병원에 한번 가 보십시오.

죽으려 했던 내 자신
고개를 숙이게 됩니다.

난 버리려 했던 목숨
그들은 철저하게 지키려 애쓰고 있습니다.

"자살"을 거꾸로 읽어 보십시오.
<살자>...맞습니다. 살아야 합니다.

사랑이더라!

라는 시를 자주 입속으로 되 뇌이고는 했다.

그래도 모진 목숨 못 버리고 바보처럼 엎드려 살아야만 했다.

여자로서는 약해도 엄마로서는 강하다는데 엄마로서 책임을 다하려면 힘든 삶을 쉽게 포기할 수가 없었고 인내해야만 했다. 그리고 씨를 만들고 날려주는 벌과, 나비, 바람이 있어야 하듯이 난 내 마음을 고쳐먹어야만 했다. 난 태양과 흙, 벌, 나비, 바람, 비가 되어 자식을 내가 지키고 키우겠노라고, 엄마로서 자식을 포기하는 약한 엄마가 되어서는 안 된다고 강해지자고.

난 내 강한 인내심과 약간의 고집을 사랑한다. 인내심과 고집이 없었으면 지금 이 자리에 있지도 않았을 것이다.

세 딸이 잘 자라 새 보금자리 찾아서 내 곁을 잘 떠나갔을까?

내 가슴 깊은 곳에는 본심이라는 마음과 다섯 살짜리 아이의 마음이 있다. 언제나 두 마음은 나도 인간이라고, 알아달라고 고개 빳빳이 치켜들고 다투느라 아우성이다. 그러다가 다섯 살짜리 마음을 달래곤 했다.

32

지금까지도 삶은 계란만 보면 잊히지 않는 게 있다.

한번은 밤 야식으로 달걀을 삶아 놓고 기다렸다가 늦은 밤에 들어오는 남편에게 갖다 주면서 내일이 친정아버지 생신이고 우리가 결혼해 처음인데 가봐야 하지 않겠느냐고 이야기했다.

그러자 내 말이 떨어지기가 바쁘게 "난 우리 엄마가 아프신데도 자주 못 가는데 뭐라고?" 하면서 아이 안고 젖을 먹이는 내게 달걀을 던져 내 귀에 맞았다. 귀가 며칠간 먹먹하고 들리지 않아 고생깨나 했다.

딸 셋을 낳아 키우면서 헤일 수 없이 맘고생을 많이 했고, 많이 울었고, 많이 갈등했다. 세상에서 가장 힘들고 어려운 사랑이 자식 짝사랑하는 거라는데 자식 지키고 사랑하는 게 이리 힘들 줄이야.

그러다 결론 내린 계기가 있다. 인간으로 한세상 살아보겠다고 깨알같이 많고 많은 사람 중에 내 몸을 빌려 태어난 자식들, 내가 버리면 어느 누가 키워주리. 나 하나 한평생 웃고 살자고 남편과 이혼하고 세 딸 눈에 눈물 흘리게 하고 살 것인가. 나 하나 울고 살더라도 세 딸들 평생 웃게 하는 게 엄마로서의 지극한 도리가 아닌가, 라고 힘들게 판가름해야만 했다.

내가 너희들에게 공주같이 예쁜 옷과, 임금처럼 맛난 음식은 못

먹일지도 몰라. 또 하고 싶은 거, 갖고 싶은 거 다 해주지 못할지도 몰라. 하지만 한 가지는 약속할 수 있어. 암탉이 노란 병아리 품에 안고 끼고 키우듯이, 엄마도 너희들을 남의 손에 맡기는 일 없이 삶에 있어 내 앞길에 그 어떤 거친 비바람과 태풍이 몰아친다고 해도, 내 품에 꼭 보듬어 안고 내 손으로 키워 줄 것을 굳게 맹세하고 나 자신을 타이르고 달래서 묵묵히 살았다.

살면서 절이다, 보살집이다, 많이도 찾아 다녔다. 난 일평생이 외롭고, 부모 형제 덕도, 남편 덕도 없고, 남에게 하고자 해도 덕이 없고 가련한 탄식이 많다 했다. 내 인생의 봄은 언제 오려나, 한다는 사주라 했다.

부처님이 계신 법당 부처님 전에 나의 자세를 낮추고 엎드려 많이도 매달리고 울며 빌었다. 나에게 주어진 운명 앞에 반항하거나 방황하지 않겠다고. 세 자매 나약한 마음 없이, 강한 마음으로 한 치 흔들림 없이 내 슬하에서 키우고, 내 품으로 지키게 강한 힘을 주시고 훗날 후회 없는 삶이라 할 수 있도록 거짓 없고, 착하게 바른 생활 책같이 인간답게 살게 해 달라고.

뜨거운 햇볕아래 발밑에 진하게 붙어있는 그림자를 볼 때 사람에게는 이 그림자만큼이나 떼어내기 힘든 운명 같은 굴레가 있다고 생각했었다.

객지 생활을 시작하며 글을 좋아하고 편지 쓰기를 좋아했다. 누구에게든 편지를 쓰면 두세 장은 된다. 결혼 후 남편과 딸들에게도 편지로 많은 대화를 주고받았다. 얼굴 마주하고 서로가 언성 높이고 얼굴 붉혀가며 하고 싶은 말들을 다 못 하느니 차분히 생각해가며 대화로 풀어가기 위해…….

그리고 책도 너무나 좋아하고 사랑한다. 군부대 근무 시 서점에서 대여해서 읽은 책도 이루 헤일 수 없이 많았다. 집에 있는 책꽂이에 수없이 많이 꽂힌 책도 나에겐 너무나 소중한 보배같이 여기고 사랑한다. 누구에게 빌려줄 때도 보고 돌려주는 약속이 정확하지 않으면 빌려 주기 싫다.

내 심장같이도 좋아하고 아끼는 저 책들, 나 죽은 후에 저 책들이 자식들에게 굉장히 부담을 줄 것 같다. 책꽂이 앞에 팔짱을 끼고 망연히 서 있을 때가 종종 있다. 어쩌다 서점에 가면 욕심이 많이 생긴다. 그 많은 책 다 아니, 서점을 그대로 우리 집으로 옮겨서 보고 싶었다.

책을 낸 많은 분들이 너무나 존경스러웠다. 나도 책 하나 내 봐야지, 하는 마음은 언제나 있었다. 그러나 내 배움이 모자라서 쉽게 도전을 못했다.

전원주택 생활도 어느 정도 적응이 되고 집 꾸미는 일도 정리가 되니 또 적적하고 심심했다. 밖으로 나가고 싶어 일자리를 알아보고 집 가까이 군 병원에 민간 조리사 모집에 채용되어 육 년간 다녔다.

군 병원에서 오백 명 인원은 군인인 취사병들이 음식을 했다. 그중 오십 명 인원은 중환자식, 당뇨식, 고단백, 미음, 저염식이었다. 군무원인 영양사가 식단표를 짜주면 민간 조리사인 내가 음식을 만들었다. 그곳에서도 온갖 희로애락이 많이 있었다.

좋은 전원주택에서도 평탄치를 못했다.

둘째 딸 나이 스물여섯, 서울에 이름 있는 큰 백화점에 다닐 때 일이다. 근무 시 손님에게 스트레스를 받고 힘든 하루를 저녁에 퇴근 후, 친구들과 모여 야식과 술을 한잔씩 하고 집에 오는 날이 한 달이면 거의 다였다.

둘째 딸은 점심값을 아긴다고 도시락을 늘 싸가지고 다녔다. 하루는 도시락 통에다 쌀 한 통에, 소금 한 통을 담고 물병엔 소주를 담아넣어 주었다. 점심시간이 되어 배고파 도시락을 펴보고 '엄마가 왜 이렇게 싸 주셨을까?' 느껴보라고. 그런데 큰딸이 이상한 도시락을 싸는걸 지켜보고 동생에게 알려주어 미수에 그치고 말았다.

남자도 아닌 여자로서 술을 먹고 부모 속 썩인 이야기를 책으로 쓴

다면 얇은 소설 책 한 권 정도는 나오리라 생각한다. 그렇게 둘째 딸
은 부모 속을 자근자근 깨나 태워주었다. 그래서 난 술 끊으라는 시
를 지어 코팅해서 아이들 방에 걸어두었다.

술

술 한 잔을 마시면
가슴에서 머리끝까지 가슴에서 손끝까지
가슴에서 발끝까지 짜릿함이 번개같이 번진다

술 두 잔을 마시면
깊은 산중 하얀 눈 속에서 신비함을 간직한
아름다운 꽃을 본 것처럼 기분 좋아진다

술 세 잔을 마시면
평소에 많은 두려움과 무서움이 사라지고
근심 걱정 따사로운 양지 쪽 봄눈 녹듯 사라지고
어디서 나왔는가 대담한 성격으로 변하네

사랑이더라!

술 네 잔을 마시면
높은 하늘 두둥실 떠다니는 구름을 타고
세상천지 만물을 한눈에 바라보여
동심 속에 명절 맞아 꼬까옷 입은 기분이네
술 다섯 잔을 마시면
대한민국 넓은 대지 위에 나 혼자
고아가 된 것처럼 외로움에 서러움에
슬픔에 한없는 신세타령 눈물 콧물 마구 흘리네

술 여섯 잔 이상 마시면
너는 누구냐 나는 누구냐
부어라 마셔라 받거니 주거니 하다 보면
내 몸과 마음은 내 뜻대로 내 의지대로 되지 않네

그때부터 망언도 망발도 한다네
삼라만상이 잠들어 고요한 한밤처럼
어느새 스르르 깊은 잠에 빠지네
그 얼마나 지났을까 가재미눈을 해 지그시 눈 뜨면
서서히 기억이 되살아나고 맑은 정신 되살아나네

술에서 깨어나면
잠시 잠깐 잊었던 걱정 근심 소나기
비구름처럼 마구 몰려드네

그래도

술에서 깨어나면

눈 깜박할 사이 집 한 채 불에 다 태우고

부질없는 재만이 소복한 빈자리에

앉아 있는 것처럼 허무하네

술에서 깨고 나면

큰 강 외다리 고기 물고 건너던 개

놓친 고기보다 술값 더 아깝네

술에서 깨고 나면

앉으나 서나 자나 깨나 돌이킬 수 없는

후회뿐이네

술에서 깨고 나면

고무줄 언제 터지는 줄 오르게

흘러내린 바지 속 속살처럼 창피하고 망신스럽네

술에서 깨고 나면

우산 쓰고 길 가다 과속으로 달리는 차가

튀긴 흙탕물 뒤집어 쓴 것처럼

기분은 불쾌하고 더럽네

사랑이더라!

술에서 깨고 나면

세상만사가 귀찮고 무거운 돌 이고 있는 것처럼

머리 무겁고

다섯 살배기 엄마 옆에서 밀가루 반죽하느라

마구 주물러 대듯 머리 아프네

술에서 깨고 나면

남는 건 잃는 건 허무함 후회감

쓰린 속 망신살 텅 빈 지갑

술 술 술 술 술

한 잔 술에 이성을 잃지 말고

한 잔 술에 포로가 되지 말고

한 잔 술에 의지하지 말고

한 잔 술에 괴로움을 달래려 말고

한 잔 술에 해결하려 하지 말고

술 술잔을 멀리 하라

어제도 오늘도 내일도 먼 미래까지

맑은 기분 맑은 정신으로 살아가세

그래도

92

다년간 내가 술을 마셔본 경험에 의해 지은 시니 거울삼아 술을 끊어 보거라.

제발 엄마의 이 간절한 시가 헛되지 않기를 빌어보마.

그 후로 조금은 나아졌지만 결국은 결혼해서 끊었다.

우리는 전원주택지 소개자의 말을 믿었던 게 큰 실수였다. 반쪽 남의 땅 주인의 시비에, 소송에, 구설수에 전쟁 아닌 전쟁이었다. 결국엔 오 년 소송 끝에 경매에 집을 비우고 나와야만 했다. 그리고 34평 아파트 삼 층에 융자 좀 받아 집 하나를 장만해 이사 왔다.

35

남편이 주색 잡는 거 말고는 취미가 없어 사교춤을 배워서 노후에 즐겨보라고 적극적으로 밀어 주었다. "늙은 말이 콩 싫어하는 거 봤니?"라고 어른들이 흔히 말하듯이 "설마 늙어서도 주색에 빠지랴?" 하는 내 생각이 큰 착오를 일으켰다.

말과 뜻과 같이 좋게 배우지를 못하고 나쁜 짓부터 먼저 배우는 남편이 나에게 꼬투리를 잡혀서 가정불화가 시작됐다. 한 일 년 동안 부부 싸움을 다 큰 딸들 앞에서 참 많이도 했다. 뱀을 보는듯한 징글징글한 싸움을 지겹게도 하고, 지난 세월 다시 끄집어낸다는 건 참으로 전신을 바늘로 마구 쑤시고 고문하는 것처럼 괴롭다.

어느 늦은 밤, 남편과 전화 통화가 안 되어 초조하게 기다리는데 남편은 술독에 빠졌다 나온 사람 꼴을 하고 집에는 잘 찾아왔다. 집에 와서 세상모르고 떨어져 자는 남편의 핸드폰에 처음으로 손을 댔다. 핸드폰을 열어 보니 낯선 여자 이름으로 시작해 똑같은 이름과 번호가 계속 찍혀 있었다. 내 예감은 비켜 가지를 못했다.

내 머릿속은 많은 생각으로 너무나 복잡해 밤잠을 설치고 그 이튿날 직장에 출근해 한가한 시간에 먼저 배운 남편 고향 친구의 부인에게 전화를 했다. "언니, 아무래도 남편이 이상해요. 학원 원장을 통해 은밀히 남편 뒷조사 좀 해 주세요."라고 간절히 부탁했다. 그런데 그날로 남편과 그 여자가 바로 알아서 난리 아닌 난리가 났다. 누가 우리의 뒷조사를 하느냐고…….

저녁에 퇴근한 남편이랑 나랑 긴 싸움이 시작됐다. 내가 생각하는 그런 사이가 아니라고 강력히 주장하는 남편이었다. 그러나 나는 남편에게 학원 다니지 마라, 내 예감은 못 속인다, 하며 펄펄 뛰었다.

그러자 내가 평소에도 우울증이 있는데다 갱년기 우울증이 더 심해졌다.

남편은 사교춤 배우는 데 있어 손과 발이 잘 맞는 상대자일 뿐이라고 주장했다. 그러나 그런 사이가 아니라면서 말만 해도 그 여자, 어디를 가다가도 그 여자 닮았다, 하며 시도 때도 없이 그 여자를 찾아대는데 정도가 도에 지나쳐서 참 많이도 싸웠다.

내가 그 여자 이름도 듣기 싫다, 내 앞에서 그 여자 이야기 하지 마라, 간절히 애원하는데도 남편은 내 애원이 귀에 들리지 않는지 태워도 끝이 없는 난로에 나무 태우듯 내 속을 지겹게도 태웠다.

저녁으로 집에서도 얼굴만 부딪치면 싸웠다. 다 큰 딸들이 있든 없든 상관하지 않고 싸워대는 한심한 부모였다. 딸들은 지겨운 집에 들어오기가 싫다고 울부짖으며 우리에게 매달려 애원했다.

나는 오랜 세월 가슴으로 만지고 또 만졌던 말을 남편에게 했다. 이혼하자며 매달려 싸우기도 하고, 밤에 집을 나가 몇 시간 동안 가족들 애도 태우기도 했다. 그러다가 힘든 삶을 까맣게 망각하고 죽는다며 정신과에서 한 달분 받아온 독한 신경 안정제와 수면제를 한 움큼 입에 틀어넣고 조용히 침대에 누워 죽기를 기원하고 두 눈을 감았다. 불행 중 다행으로 깨어났는데 허무함이란 백사장의 모래알만큼 많았으니 어찌 말로 글로 다 표현하겠는가?

막내딸이 직장에도 안 나가고 내 옆을 지켰다며 울상을 하고 말했다. "엄마 며칠째 잤는지 알아? 이틀째야." 하는데 죽지 못한 게, 어느 날 갑자기 예고 없이 사고로 엄마 잃은 아이처럼 너무나 슬펐다.

창밖을 내다보니 시뻘건 해가 박살이 나서 떨어진 것처럼 강렬하고도 괴기스러운 빛이었다. 건물 유리창이 되쏜 햇빛이 유난히도 눈부시고 쳐다보기가 부끄러웠다.

어느 토요일 날 아침에 남편에게 장문의 긴 편지를 써 놓고 집을 나섰다.

이리 저리 찾으려 애 쓰지 마세요. 결혼 삼십 년만의 외출 아니, 바람 좀 쐬고 올게요. 전 결혼 후 지금까지 가족과 가정밖에 모르고 이 세상에서 흔히 즐길 수 있는 여행, 관광, 문화생활 아무것도 못 해봤어요.

내가 어디 나가려면 첫째, 돈이 받쳐 주지 않았고 둘째, 내가 어디 나가면 금이 가고 깨지는 유리그릇처럼 생각하시고 나쁜 물이 들까 염려하시고, 너무 자유 없이 과잉보호만 받은 덕분에 우물 안 개구리가 된 내 인생이에요. 그러다 보니 어느새 오십이 넘어 갱년기 우울증이라니요.

이 세상에 나 혼자 버려진 느낌에 슬픈 마음, 어디에서 위로를 받을까요? 겨울철 앙상한 나뭇가지에 외롭게 매달린 나뭇잎 하나, 심술궂은 바람에 떨어지지 않으려고 안간힘을 다해 매달려 있는 나뭇잎과도 같은 외로운 저입니다.

이렇게 편지를 써놓고 막상 집을 나섰지만 주머니 사정도 그렇고 갈 만한 데가 없었다. 그래도 발걸음은 내가 나고 자란 고향집, 내 마음속에 소망하는 엄마가 아닌 엄마를 찾아갔다.

그러나 찾아간들 무엇 하겠는가? 솜털같이 포근하고, 옛날 시골집 아랫목에 꽁꽁 언 손 집어넣은 것처럼 따뜻한 엄마가 아닌데……. "집에서 새는 바가지 밖에 나간다고 안 새는가?" 하는 말이 내게 너무나 잘 어울리는 말이었다.

내가 나고 자란 정든 집에서 아무 생각 없이 하룻밤을 자고 또 큰댁에 들렀다. 그러나 동서는 "갑자기 왜 왔어?" 하면서도 그날따라 더 쌀쌀하게 대하고 밥 먹고 가라는 말 한마디 없었다. 여기를 가도 저기를 가도 우울하고 슬프긴 마찬가지였다.

집에 간다고 버스 터미널에 오니 시숙님이 숨이 차 헉헉거리면서 뒤따라 오셨다. 너무나 별난 동생을 만나 맘고생 많이 하며 산다고 항상 잘 대해 주시던 자상하신, 시아버님 같은 좋은 시숙님이시다.

시숙님은 "제수씨! 왜? 오셨어요? 동생과 싸우셨어요? 집에 무슨 일 있으세요?" 막 숨 가쁘게 물으시더니 "식당에 가서 식사라도 하고 가세요." 하셨다. 따뜻하게 대해주시는 시숙님을 보자 가슴에서는 울컥함이 치밀었으나 간신히 참았다. 시간이 다 되어 버스에 오르려 하니 시숙님은 내 손에 몇만 원의 용돈을 쥐어주셨다.

내가 탄 버스가 집으로 가나, 어디로 가나 숨어서 지켜보시는 시숙님과 고향산천을 뒤로하고 냉정하게 떠나야만 하는 버스가 한없이 미웠다. 마구 복받치는 설움을 삼켜가며 소리 없이 얼마나 울고 왔는지 모른다.

내게 점수를 준다면, 아들을 못 낳았다고 100점이 아닌 99점밖에 못 주신다는 시숙님이시다. 결혼 초기에 아이를 업고 시댁에 혼자 갈 때면 언제나 버스 터미널까지 따라 나오셔서 용돈을 내 손에 쥐어 주시곤 하셨다. 시숙님은 나를 무척이나 좋아하시고 아껴 주셨다.

그러나 한편으로는 시숙님이 원망스러울 때도 많았다. 동생에게 따끔한 말 한마디로 옳고 바른길 가라 채찍질 한 번 안 해주시고 남 보듯 지켜만 보고 있는, 책임감이 없다는 점 때문이었다.

사랑이더라!

집에 오니 남편이 나를 보자 꼭 끌어안고 반가이 맞아 주었다.

그 이튿날, 출근하고 다시금 마음을 고쳐먹었다. 부부간에 소중한 것이 먼지처럼 사라지기 전에 온몸과 온 마음으로 책임을 다해야 한다고 생각했다. 그것이 만남에 대한 예의이고 이별에 대한 보답이며, 결국 삶의 완성을 의미하는 거라 생각했다.

다 큰 딸들 앞에서 긴 싸움은 그만하고 본래의 나로 돌아가서 정상적인 생활로 안정을 찾으려고 나 자신과 한없이 싸웠다. '마음속에 가득한 번뇌와 망상을 버리자. 푸른 산허리에 걸려 있던 흰 구름 무리들이 날씨가 맑아지면 떠나가듯이 내 근심 걱정은 그렇게 날려 버리자.'고 굳게 다짐을 했다.

태어나고 자란 과정과 환경, 성이 다른 남녀의 결혼 생활이란 끝없는 인내와 한없는 이해심이 받쳐 주어야 한다고 생각한다.

한없이 넓은 바다에 밀물과 썰물의 파도에 이리저리 부딪치고 깎인 조약돌처럼 내 마음도 이리저리 상처를 많이 받고 치유되지 않는 상처를 간직하고 있는 처지라 세월이 가고 나이가 들수록 난 그 누구에게도 피해와 상처를 안 주려고 안간힘과 많은 신경을 쓴다.

내 본래의 마음도 그 누구에게든 피해를 주지도 받지도 말자였는데 내 긴 우울증은 얼굴 안면마비 후부터 진행해 왔는지도 모른다.

정신과에 다니면서 의사랑 많은 상담 후 약물치료도 많이 받았다.

난 신경이 너무 예민하다. 그러니 날이 갈수록 칼날같이 예민해질 수밖에. 항상 좀스럽고 심통과 변덕 많은 놀부 마음을 쓰는 남편이 나를 도와주지 않는 한, 죽을 때까지 약물을 끊지 못할 것이다. 생각하면 안타까운 마음의 발만 동동거릴 뿐 방법이 없다. 그럭저럭 사는 수밖에.

밤에도 쉽게 못 자고 언제나 단잠을 못 잔다. 남편은 나의 불치병인 화병과 우울증을 이해하지 못한다. 그래서 병원도 몰래 다니고 약도 몰래 먹는다.

세 딸 중 첫 번째로 결혼한 둘째 딸이 그때 당시 세 살 연하의 남자와 결혼하겠다는 뜻을 밝혔다 옛날 같으면 동생이 먼저 결혼하면 동네 어르신들이 "에헤이, 저 집은 굴뚝에서 불 때네." 했을 것이다.

얼마 후, 남자 혼자 용감히 찾아와 인사를 하고 결혼 허락을 받고자 노력하는데, 너무나 반듯하고 예의 바르며 씩씩한 젊음을 가진 남자다운 남자라 내칠 수가 없었다.

그런데 문제는 여기서도 발생한다.

둘째 딸이 직장 생활을 하면서부터는 월급을 타서 집에다 많이도 보태주었다. 전기요금과 전화요금 등 소소한 것부터 이사할 때 집 담보로 융자를 받았어도 모자란다고 전전긍긍하니까 딸이 적금 든 데서 대출까지 받아서 보태주었다.

남편은 딸들이 어릴 때부터 돈 들어오는 구멍은 여러 군데라도 나가는 구멍은 한 군데여야 한다고 가르치며 취업 후 받아오는 급여를 집안에 보태기를 은근히 강요했다. 그러나 남편은 둘째 딸의 결혼에 대해 이웃집 딸 결혼하는 거 지켜보듯 관심이 없었다. 결혼 날이 다가오니 마지못해 가전제품 몇 가지 사 주고 사돈이 될 집에 예단비 조금 보내준 게 전부다.

딸은 울고불고 난리를 쳤다. 딸들이 대학도 못 가고 취업하니까 월급 타면 집에다 다 내 놓아라. 결혼할 때 알아서 해줄 테니 해놓고 이렇게 시치미 떼고 모르는 척할 줄이야! 너무나 어이없고 황당해했다.

어느 날, 딸이 결혼 패물을 사러 가는데 아빠 엄마 같이 가자고 해서 따라갔다.

그런데 이런 아빠가 어디 있을까. 딸의 패물 고르는 데엔 관심도 없고 옛날에 노조조합장 해 보겠다고 우리 식구들 패물 다 팔아 날린 거를 사 준다며 마누라 목걸이랑 반지 한 세트 고른다고 정신을 못 차리는 남편이었다.

결국엔 백만 원이 넘는 목걸이와 반지 한 세트를 골라서 마누라에게 빚 갚는 거 같다며, 딸의 표정을 살피면서 내게 주며 몹시 흐뭇해하는 남편이 반갑고 기쁘기보다는 주제 파악 못하는 남편이 얄밉고 야속하기만 했다.

결혼한다고 패물 사려는 딸은 아는 체도 안 하고, 생뚱맞게 마누라 것을 왜 사 주는지 내 머리가 절로 갸우뚱해지고 이해가 안 되고 몹시 의아했다. 마누라는 기회가 얼마든지 있지 않은가? 왜 꼭 이때 사려는 것인지……

백화점에 다닐 때도 아빠를 철 따라 옷이며, 신발이며, 소지품이며 도맡아 놓고 책임지다시피 하고 아빠, 엄마라면 입속의 혀처럼 굴던 딸이었다. 그런데 막상 결혼한다고 하니 영원히 다시 안 볼 것도 아닌데 정 떼려고 하는지 그렇게 혹독한 맘고생을 시킬 수가 없었다.

또 아빠는 양복, 엄마는 한복 한 벌씩 해 준다고 해서 먼저 한복

집에 가자고 해 따라갔다. 남편은 특이하게 전통한복을 입어 축하
객들에게 눈길과 관심을 받아보겠다고 이백만 원이 넘는 옷에 두루
마기까지 고집했다. 결국 신랑, 신부, 내 한복 값을 다 합한 금액이
예상에서 훌쩍 넘는 돈을 써야만 했다고 둘째 딸은 울음 반 섞인
투정을 내게 살짝 부렸다.

  신부 집은 서울이고 신랑 집은 경남 양산이라 상견례 때 의논하기를, 서울과 양산 사이 중간 지점서 결혼식을 올리자 하니 사돈 쪽에서 서울에서 하라고 양보해 주셨다. 시어머니 종교가 기독교이다 보니 일요일만큼은 피해 달라 간곡히 부탁을 해서 토요일로 날을 잡아 통보했다.

  그런데 엉뚱하게 주례 문제로 백기를 들고 대담하게 나섰다. 자기가 다니는 교회 목사님을 세우면 어떻겠느냐고 정중히 의논하는 게 아니라 사돈으로서 본분을 잃고 주례사만큼은 절대 양보 못 하겠다며 자기가 다니는 교회 목사님을 세우겠다고 강제성을 띠며 쇠심줄보다 더 질기게 고집을 부렸다.

  우리는 종교가 불교이고, 남편은 교인을 끔찍이도 싫어해서 안 된다며 양쪽이 팽팽히 맞서는 대립이 발생했다. 이건 고래 싸움에 새우 등 터진다고 양가 부모님 대립에 딸과 사위가 맘고생을 너무도 많이 했다.

  내 남편도 이를 갈며 버티다 결국엔 자식 잡겠다며 두 손, 두 발 다 들고 양보했다. 결혼식 날에도 사돈이 아니라 철천지원수 같았다.

그때 당시 큰집 조카가 바다이야기라는 불법 오락실을 잠시 했다. 그러다 단속에 걸려 오락기를 다 빼앗기고 다시 시작하려 하니 돈이 모자란다고 우리에게 돈을 좀 빌려달라고 했다. 몇 달 안에 벌어서 이자까지 쳐서 다 갚겠다는 조카 말을 거절하지 못하고 없는 형편에 딸이 결혼을 한대도 아는 체도 안 하더니 큰집이라면 너무도 집착하는 남편이 못 받아도 그만이라고 어려울 때 서로 도와야 한다고 빌려주자고 강제성을 띠는데 어이가 없었다.

결혼이란 인륜지대사고 신중해야 하는 큰일인데 내 자식의 결혼을 제쳐두고 조카에게 돈 빌려주는 애비가 정상인가? 길가는 사람들 붙잡고 여론조사라도 하고 싶다는 나를 무시하고 큰 차 트레일러 앞 차를 담보로 대출 천삼백만 원을 받아서 빌려주었다.

조카는 그 불법 오락실로 잦은 단속에 걸려 오락실도 치우고 구속되어 구치소에 가서 팔 개월을 살다 나왔다. 우리 집도 여유가 있는 건 아닌데, 언제나 빠듯하게 살아가는데 삼 년이 지난 지금까지도 그 돈을 원금은커녕 이자 한 푼도 못 받고 있다.

샛별같이 초롱초롱한 딸의 두 눈에 피눈물을 마구 펑펑 흘리게 하며 호수같이 잔잔한 딸의 가슴에 피멍 들게 하면서도 큰집 오빠에게는 그래야만 하는 아빠가 야속하고 오빠까지 밉다며, 우리 아빠 친아빠 맞느냐고, 계부도 이러진 않는다고 딸은 엄마인 내게 긴 하소연의 보따리를 풀어 놓고 내 가슴을 마구 후벼 팠다.

　나 역시 쥐구멍이라도 있으면 들어가고 싶고, 부끄럽고 미안한 마음 주체할 길 없어 부둥켜안고 같이 울었다. 사촌 여동생이 결혼한다는데 시기와 사리를 분별 못 하고 어찌 돈을 빌려 달라는지 이해가 안 되고 원망스러웠다.

　큰집 조카들 세 명 다 나이가 49세, 46세, 42세로 오십을 바라보는 나이에 하나도 결혼을 못하고 뚜렷한 직업도 없다. 큰집 조카들을 생각하면 내가 괜히 안타깝고 속상하다.

　그렇게 본격적인 결혼 얘기가 나온 삼 개월 동안 딸은 실핏줄이 터지도록 울며 눈물로 세월을 보냈다. 부모 도움 없이 결혼해 보겠다고 이를 갈며 높은 자존심 꽉 꾸겨 쓰레기통에 처박아 놓고 남자 친구에게 사정 얘기를 했다고 엄마도 그리 알고 맘 편히 가지라고 말하는데 내 마음도 편치만은 않았다.

　부모 도움 없이 각자의 능력에 맞게 소박하게 결혼하자고 그러자니 얼마나 자존심 상하고 맘 아프고 괴로웠겠는가? 어디 조금도 부족함이 없는 당당한 숙녀로서 빳빳한 자존심 구겨가며 부족하나마 남자 친구의 대출까지 받아 어쨌든 결혼식은 무사히 마쳤다.

둘째 딸은 결혼 후 신혼여행을 다녀와서 시집에 발을 끊었다. 사돈지간으로서 예의를 망각하고 자기 욕심만 채우려는 자기 엄마가 도저히 이해와 용서가 안 된다며 자기 엄마를 안 보겠다는 사위와 딸이다.

젊어서 남편과 이혼하고 1남 2녀 자식을 키우고 홀로 사신 엄마지만 아들 결혼식에 그리 대처하실 줄이야! 너무나 황당하고 큰 충격을 감당하기 힘들다고 물같이 침묵을 지키며 유유히 흐르는 세월이 해결해 주는 그날까지 공백을 가져 보겠다는 사위의 생각과 뜻에 따른다는 딸의 마음도 편치만은 않다 했다.

딸은 비록 짧은 기간이지만 많은 풍파를 겪고 아빠에게서 탈출을 하고 싶어 했다.

"나 시집가면 집에 다시는 안 올 거야."

아빠에 대한 실망, 절망, 아픔은 백운대 인수봉 바위만큼이나 컸다며 내 가슴에 대못을 박고 사위가 살고 있는 강원도로 신혼살림을 차려서 내 품 안의 둥지를 떠나갔다.

둘째 딸 결혼할 때엔 참 말도 많고 탈도 많았다.

42

　큰딸이 시집갈 때도 역시나 남편은 무관심했다. 먼저 결혼한 동생의 과정을 지켜봤던 터라 큰딸 역시 크게 바라지 않았고, 남자가 살고 있던 집으로 들어가면서 없는 거 대충 챙겨서 갈 수밖에 없었다.

　막내딸 시집갈 때도 그랬다. 막내딸에게 돈을 빌려 쓰고 갚을 게 있었는데 그 금액만큼 가전제품으로 사 주고는 마지막으로 결혼하는 막내딸에게도 "준비는 잘돼가니?"라는 따뜻한 말 한마디 없고 단돈 십만 원도 보태주지 않았다. 그러더니 결혼 후 신혼여행지에서 돌아온 딸에게 무슨 맘으로 오십만 원을 주려고 하는 걸 내가 더 주라 해서 백만 원을 주었다.

　아빠의 뼈를 빌리고 엄마의 살을 받아 태어난 예쁘고 사랑스러운 딸자식들이건만 어찌 그리 계부 같은 마음을 써서 자기 둥지에서 무정하게 떨쳐내는지……. 그러고도 보는 사람마다 "대단해. 팔 개월 만에 하나씩 2년에 딸 셋을 어찌 결혼 다 시켰나?" 하는 인사는 혼자 잘도 받았다.

43

우리 딸들은 어려서부터 중·고등학교에 다닐 때까지 남의 옷을 얻어 입고 자랐다. 아는 분이 부자로 잘사는데 그 집도 우리 딸들보다 조금씩 나이가 더 먹은 아이들이라 우리 딸들이 그 옷을 바로 받아 입을 수 있었다.

주기적으로 한 보따리씩 보내오면 좋다고 입고 자란 딸들이 고등학교 졸업하고 직장에 다니면서부터는 본인들이 벌어서 사 입었다. 머리도 딸들이 취업 후까지는 내가 옛 솜씨로 잘라주었다.

딸들은 침대며 가구도 다 저희들이 벌어서 사 놓고 쓰다가 시집을 갔다. 부모라고 한 일은 낳아서 먹이고 잠 재워주고 하숙집 노릇 한 거밖에 아무것도 없다. 아무리 딸들이 벌어서 간다 했어도 부모로서 그러면 안 되는 거 아닌가?

다행히 세 딸들은 결혼 한다, 안 한다, 하며 노처녀로 속 썩이는 딸 하나 없이 제때에 훤칠하고 반듯한 남성을 만나 결혼은 잘했다. 주변에서 부러워하고 칭찬하는 이들이 너무도 많았다.

딸 셋을 결혼시키면서 돈 천만 원도 안 쓰고 딸들 가슴마다 대못을 박아 시집보낸 아빠. 이런 아빠를 친아빠라고 해야 하나? 알쏭달쏭 마음의 중심을 잡을 수 없도록 하는 계부만도 못한 아빠. 이 이야기를 누굴 붙잡고 이야기하며, 또 이야기한들 누가 믿고 이해하겠는가? 딸 셋 결혼시키며 깨알같이 많은 사연을 어찌 다 말로 글로 표현하겠는가?

　남편은 상대방의 말을 잘 들어주지 못하고 너무나 자기주장이 강하고 기가 세다. 상대방의 기분과 마음을 편하게 대해 주지 못한다. 항상 말과 행동이 삼베 천같이 거친 사람이다. 비단결같이 섬세하고 언제 보아도 싫증 안 나는 꽃과도 같은 딸에게 남편이 억세고 삼베 천같이 거칠게 대할 때엔 내 마음이 아팠다.

　난 언제나 딸들에게 잔소리처럼 위로하고 토닥거려 달랬다.

　"너희들이나 나나 남편 덕, 아빠 덕이 없는 걸 누구를 원망하겠니?"

　틈만 나면 나는 딸들을 붙잡고 간절히 애원하고 부탁했다. 우리에게 주어진 운명에 반항하지 말고 방황하지 말고 달게 받자고.

　부부의 인연은 전생 천 년, 현생 천 년, 후생 천 년의 고리로 엮어진다는데 서로가 노력하고 덕을 쌓아야 하건만 조용히 공상에 잠기다 보면 안타깝기 어디 비할 데 없다. 내가 덕이 없는 걸 어이 하리!

　남편과 아빠와도 진실로서 원만한 대화가 안 되는 탓으로 늘 살아오면서 우리 모녀들은 본의 아니게 남편과 아빠 앞에선 거짓말을 하고 속여야만 했다. 가정의 평화를 위해서 어쩔 수 없었던 순간순간마다 우리 모녀들은 마음이 편치만은 않았다.

　애교가 많고 예쁘고 사랑스러운 딸들을 부드럽고 아기자기한 사랑으로 대해 주지 못함이 내내 안타깝고 야속하다.

　어느 집이든 아이들 성장 과정에서 실수와 사고 안 치고 어른같이 자라는 아이들 몇이나 될까? 딸아이들이 결혼하기 전 무엇을 잘못했을 때, 남편은 큰 뉘우침과 큰 깨우침을 가질 수 있는 자상하면서도 따끔한 사랑의 매가 아니었다. 남자도 아닌 크리스털 유리잔 같은 여자아이에게 영원히 잊을 수 없는 폭력을 당한 아픈 추억이 아이들마다 한두 번씩은 다 있다.

남편은 화가 났다 하면 먼저 짐승같이 야비한 폭력을 썼다. 인정 사정없이 때리고 발로 차고 짓밟고 심신에 상처를 주었다. 남편은 태연하게 내 인격 자체를 무시하고 학대할지는 모르지만, 당하는 나는 마치 내가 털 뽑힌 닭이라도 된 것처럼 더 작게 몸을 움츠려서 살아가게 했다.

내 인격 자체를 너무나 무시당하고 심적으로 심한 학대 속에서도 딸 셋을 낳아서 어디 내 놓아도 조금도 손색없이 잘 키워 다 결혼시 켰다. 이제는 구름 따라 바람에 실려 어디론가 떠나고 싶은 맘 간절 하지만 그러다가도 너무도 유별나고 나이 든 남편이 어느 자식에게 도 못 가고, 이 사람 저 사람 발길에 채이는 노숙자가 될까 염려에 쉽게 떠나지 못하고 있다.

또 친정 이야기를 좀 해야겠다.

부모의 사랑은 자식에게 주어도 주어도 끝이 없다는데 우리 친정엄마는 그렇지 않다. 좋아해야 할 가치가 있는 자식만을 고집하며 사랑하신다.

연세가 어느덧 팔십으로 드신 분이시다. 치매도 약간 있으시고 양쪽 무릎 연골이 다 닳아 거동이 불편하셔서 요양원에 들어가 계신 지도 일 년이 다 되어 간다. 부모 자식이라고 허울 좋게 찾아가 뵙기는 해도 우리 엄마 어떻게 하지, 하며 애절하고 자석에 쇠붙이 달라붙듯 하는 마음이 내키지를 않는다.

나도 세 자식을 낳고 키워 보지만 난 절대 차별 대우를 하지 않았다. 조금이라도 모자란다 싶은 자식은 더 따뜻한 사랑과 관심으로 보듬어 끌어안았다.

어머님 은혜

낳으실 때 괴로움 다 잊으시고

기르실 제 밤낮으로 애쓰는 마음

진자리 마른자리 갈아 뉘시고

손발이 다 닳도록 고생하셨네.

하늘 아래 그 무엇이 높다 하리요.

어머님의 은혜는 가이없어라

이 노래에 젖어 나도 모르게 엄마를 생각하며 소리 없는 눈물을 흘릴 때가 많다.

우리는 두 살 터울인 세 딸들을 팔 개월에 한 명씩 이 년 안에 다 결혼시켰다. 결혼식에는 친가 외가, 그리고 직계 가족인 고모 이모는 한복을 입어야 도리가 아닌가? 그러나 친정으로는 이모가 다섯 명 있는데 어느 누구도 한복을 입고 오는 이가 없었다.

얼마 후, 남동생 딸이 결혼한다 해서 가는데 나도 오기가 발동했다. 그 누구도 한복을 안 입고 왔는데 나도 양장으로 가보자며 예식장에 갔다. 그런데 막내 고모가 "너는 왜 한복 안 입고 왔냐? 언니가 형제들에게 다 한복 가져와 입으라고 전화했다던데 너에게는 전화 없었니?" 하시는 거였다.

시간이 되어 예식장에 가니 다 곱고 고운 한복을 입고 설치는데 난 너무 어이가 없었다. 딸 6녀 중 나만 양장을 입은 꼴이라 미운 오리 새끼, 요즘 말로 왕따가 되었다. 그래서 가족사진도 안 찍었다.

잠시 후 가족사진 찍자고 많이도 찾았다는 올케의 말이 더 웃겼다.

"형님, 왜 한복 안 입고 오셨습니까?

터진 입이라고 잘도 이야기하는데 "자네는 우리 세 딸들 결혼식에 한복 한 번이라도 입고 왔는가? 어째 그리 자기가 한 건 생각 않고 바라기만 하는가?"라는 말이 금방 입에서 나오는 걸 옛날 못 먹던 시절에 시어머니 몰래 인절미 애써 꿀꺽 삼키듯 꿀꺽 삼키고 말았다.

또 기막힌 이야기는 우리 막내딸 결혼식이 끝난 지 하루만에 "언니 잘 갔어?"라고 안부 전화를 하니 언니는 너무도 태연하고 뻔뻔스럽게 한 열흘 후에 언니네 큰딸 결혼식인데 한복 좀 싸가지고 와 입어주라고 말하는 거였다.

"언니! 언니는 우리 딸 셋 결혼식에 이모가 돼서 한복 한 번 입어주었어?"라고 물어 보고픈 말이 목구멍까지 올라왔으나 관세음보살님 찾아가며 가슴을 쓸어내리고 참았다. 같이 하면 같은 사람 되지 다를 게 뭐 있나 싶어서 며칠 동안 언니의 말을 소 되새김하듯 생각해 가며 괴로움에 치를 떨었다.

얼마 후 언니네 결혼식 날, 남편이랑 가니 언니가 내게 하는 말이 가관이었다. "너, 한복 가져 왔냐?"는 언니의 말에 난 너무나 어이가 없어 할 말을 잃었다. 동생들과 언니는 머리 드라이를 하고 한복을 다 입고 있었다. 또 나만 미운 오리새끼에 왕따가 되었다.

큰 버스에 축하객들이 다 타고 두 시간 거리에 있는 예식장으로 갔다. 그날따라 봄날이지만 바람이 어쩌나 사납게 불어대는지 도무지 눈을 제대로 뜨고 걸음을 똑바로 걸을 수가 없었다.

머리를 곱게 단장하고 한복을 날아갈듯 차려입은 내 형제들 설치는 꼴을 눈 바로 뜨고 바라보기가 심히 배 속이 마구 뒤틀리어 괴로웠지만 한편 내 마음은 행복했다. 요즘 시대에는 남의 불행이 내 행복이라고 하는 말이 그냥 하는 말이 아닌 것 같다.

시냇물 흐르듯 어느덧 예식 시간이 훌쩍 지나가기에 너무나 분하고 치욕스러워 더 있을 수가 없었다. 남편이랑 식당에 가서 밥 먹고 얼른 그 자리를 떠나 집으로 와버렸다.

45

그렇게 살던 와중에도 나의 건강은 늘 좋지 못했다.

어느 날은 갑자기 오른쪽 종아리가 너무나 자지러지게 아팠다. 걸어가는데 주저앉을 정도였다. 한의원에 가서 침을 맞아 보고 무릎 때문에 그러려니 하고 정형외과에도 3군데나 다니면서 주사도 맞고, 물리치료도 받고, 약도 먹고, 뜸도 뜨고 별의 별거 다 해봐도 나을 기미는 보이지 않았다. 다리가 퉁퉁 부어 통증이 오면 뻣뻣해 걷기가 힘들었다.

군에 근무하는 사위가 군병원에 가서 MRI 촬영을 해 보라고 권해서 촬영해 CD를 갖고 큰 병원 정형외과에 가니 교수님이 큰일이라며 심장내과로 보내주셨다. 그리고 생전 듣지도 보지도 못한 희귀한 병, 혈관이 막힌 '심부 정맥 혈전증'이라는 병명이 나왔다. 혈전이 돌다가 심장이나 폐에 가서 박히면 목숨을 잃는다며 빨리 입원하라고 하셨다.

우리 몸 혈관의 길이는 약 12만 5천 km로 지구 두 바퀴를 돌고도 남는다고 한다. 지구 두 바퀴를 돌 수 있는 거리란 얼마나 까마득한 것인가? 우리는 혈관이 막히면 조영제를 투여하고 문제를 일으킬 소지가 많은 부분을 관찰하여 적절하게 치료해서 생명을 연장시킨다.

환자에게 피의 이동경로를 확인한다는 것은 중요한 일이다. 심장에서 피가 발끝까지 갔다가 다시 심장으로 되돌아가야만 하는데 되돌아가는 데서 막혔다는 것이다.

　MRI 촬영한 CD를 갖고 결과만 보러 간다고 결혼한 둘째딸과 큰 병원에 갔다가 준비 없이 입원해야만 했다. 종아리 엑스레이, CT 촬영, 초음파 등등 많은 검사해가며 하루에도 배에 주사를 두 번씩 맞고 피 검사도 매일해가며 일주일 만에 나에게 맞는 약을 찾느라 교수님과 간호사님이 고생 많이 하셨다. 너무나 놀라고 충격 받은 터라 입원한 첫날밤은 열이 40도까지 올라가 떨어지지 않고 간호사들 고생 꽤나 시켰다.

　둘째딸도 꼼짝없이 일주일 내내 나의 곁을 지키며 간호해 주었다. 키가 크고 체격도 좋은데 간병인 의자에서 불편한 잠을 자며 내 곁을 지켜주는 딸, 딸이지만 너무나 미안하고 고마웠다.

　이 병은 수술도 못하고 약으로 덩어리지고 막힌 혈전을 녹이고 뚫어야 한다 했다. 1년 넘게 걸린다 했다. 아니, 더 오래 갈 수도 있다 했다.

　난 다른 이에 비해 특이체질이고 피가 탁하다는 결론으로 퇴원했다. 퇴원해서도 많이 걷거나 주방 싱크대 앞에서 오래 서 있거나 컴퓨터 앞에 오래 앉아 있거나 하면 다리가 퉁퉁 부어서 아프다.

　플라스틱을 불 위에 올려놓으면 오그라드는 것 같이 자다가도 종아리가 갑자기 오그라들면 자지러지는 아픔을 2, 3분간 느끼고 남편까지 깨우는 소동을 벌인다.

　1년이 지나 확인 차 CT 촬영을 하니 거의 다 뚫어졌다며 약을 와파린에서 아스피린으로 바꾸어 주었다. 와파린은 피를 묽게 해주는 약이고 아스피린은 한 단계 낮은 약이다. 이 약을 먹으면 멍이 들어도 쉽게 안 풀리고 상처가 나면 지혈이 안 되어 응급실로 급히 가야 된다는 어려움이 따른다. 또 압박 스타킹을 꼭 신어주라고 했다. 무릎까지 오는 압박 스타킹, 그거 한 켤레에 4만 원이다.

이 약을 이 삶이 다 할 때까지 예방하는 차원에서 먹어야 한다 했다. 2년이 다 되어 가는데도 막힌 혈관 속에 피가 제대로 순환이 안 되어서 종종 심한 통증을 느끼고 한다.

밤이 무섭고 가을날 고목나무 밑에 가랑잎 쌓이듯 차곡차곡 쌓이는 스트레스 속에 한숨만 늘어진다. 밤에도 질기고도 고단한 삶의 끈을 잠시 놓고, 몸과 마음을 단 몇 시간이나마 포근한 잠자리에서 달콤한 잠이라도 자려고 피곤한 몸을 누이면 눈꺼풀 밑에 잠이 쉽게 오지 않는다.

한 시간 안에 잠들지 못하고 이리저리 뒤척이다 너무 약이 올라 벌떡 일어나 수면제의 기운을 빌려서 쥐꼬리만큼 자다가 얄미운 시계 알람소리에 일어나 남편의 도시락 두 개에다 간식을 챙기고 곤히 자는 남편을 깨워서 출근시킨다.

58세인 나 역시도 건강이 안 좋았던지라 오래 다니던 직장을 그만두고 집에서 전업주부가 되었다. 남편 출근시키고 나면 집안일을 하고 멍하니 혼자서 하루를 보내려면 너무나 시간이 무료하고 우울했다.

친구를 만나려 해도, 백화점에 쇼핑을 하려 해도, 영화를 보려 해도, 그 무엇을 즐기려 해도 내 마음 나의 발길보다 꼭 앞장서는 게 있었다. 돈, 돈, 돈. 버려도 개도 안 물어가는 돈. 그 돈 때문에 많은 생각 끝에 다 참아가며 집에서 좋아하는 책을 벗 삼아 보기도 하고 놀이터에 가서 놀이기구도 타보며 시름없이 놀다가 집으로 와 저녁

준비를 하고 퇴근한 남편과 저녁을 먹고 텔레비전을 보다가 내일을 위해 어김없이 잠자리에 들고는 했었다.

어느 날, 둘째 딸이 친정에 와서 내게 컴퓨터를 가르쳐 주었다. 처음에는 컴퓨터를 켜고 끄는 거부터 배웠다. 생각보다 내 호기심과 눈길이 간절히 끌리고 있었다. 영어도 대문자, 소문자 큰 글씨로 적어 집 안 어디든 내 눈 닿는 곳에다 붙여놓고 외우며 배웠다. 한글 쓰기, 문서 작성하기 등등 차근차근 자상히도 가르쳐 주었다. 그토록 배우기를 권할 땐 안 하다 늦게 배우니 가족 모두 신기해하고 대견해했다.

내 별명은 한 가지를 가르쳐 주면 열 가지를 안다고 붙여진 천재아줌마다. 블로그에서도 천재아줌마로 통한다.

하루에 잠을 세 시간 내지 네 시간 자며 하루가 짧을 정도로 막 파고들었다. 내 미니홈피도 꾸미고 사진도 올리고, 딸들 미니홈피에 가서 사진도 퍼오고, 댓글도 달아준다. 채팅도 잘한다고 매번 놀라는 딸들이다. 모르는 게 있으면 전화도 하고 전화상으로 안 되면 메모해 두었다가 딸이 오면 물어 배우곤 했다.

예전에 핸드폰 문자 메시지 주고받기를 가르쳐주고선 내게 저녁마다 매일 문자로 어디냐, 언제 오느냐, 왜 이리 늦느냐, 등등의 문자를 수도 없이 받으며 가슴 치며 후회하는 딸들이었다. 그러고도 나에게 컴퓨터 가르쳐 준 지도 벌써 이 년이 넘는다.

컴퓨터 블로그에 사진도 찍어 올리고 글도 올려 보라고 연습용 디지털 카메라도 딸이 사 주고 다 배우고 나서는 새 카메라도 사 주었다. 사진 찍어 올려가며 글도 써 올리고 이름도 성도 얼굴도 아는 것 아무것도 없이 생소하기만 한 이웃분들을 친구 만들어 소식을 주고받고 지내는 기쁨을 마음껏 누리고 사는 내가 너무 행복함을 느낀다. 비록 돋보기를 쓰고 매달리지만 기분은 어디에 비할 수 없이 행복하다.

요즘은 자서전 하나 내 보겠다고 틈만 나면 컴퓨터에 저장해 놓고 매달려 쓰고 다듬고 한다. 엄마의 책이 나오기만을 학수고대하는 딸들을 실망시키지 말아야 할 텐데, 하는 걱정이 앞서기는 해도 천재아줌마라는 이름값을 하고 싶다.

우리 엄마 최고, 천재아줌마 최고라며 딸들이 나에게 거는 기대도 63빌딩만큼이나 높고 크다. 타자로 한 자 한 자씩 써 내려가는 신기함과 기쁨, 즐거움을 모두 둘째 딸에게 돌린다. 이 나이에 이렇게 컴퓨터를 배워서 고맙게 잘 이용하는 거 너무 행복하고 딸에게 자나 깨나 늘 감사한다. 세상에 이런 효도가 어디 있겠는가?

스승과 제자

어두운 밤같이 검은 머리가 눈처럼 하얘지도록
머리를 써도 모르는 이 있었습니다.

거울같이 맑고 샛별처럼 빛나는 눈으로 아무리 보려 해도
보지 못한 게 있었습니다.

눈으로 보고 머리를 써도 깨달음을 얻지 못하는 이 너무나 많습니다.
시력 잃은 두 눈처럼 있어도 못 보는 두 눈에 불 밝혀준 이 있었습니다.
머리에, 가슴에, 양식을 주고 등불을 밝혀준 이 있었습니다.
희망 잃어가는 나이에 용기와 새로운 의욕을 불어 넣어준 이 있었습니다.

3학년 2반 딸이, 5학년 7반 엄마에게 컴퓨터를 자상히도 가르쳐 주었습니다.

엄마가 딸에게 보내는 시다. 나날이 행복을 느끼고 안 먹어도 배부르다 할까?
스승의 날 이 자리를 빌려 감사 또 감사하고 싶습니다.

이런 글을 타자로 써서 딸에게 보냈더니 손 글씨로 곱게 액자에
담아 추억으로 간직하라며 내게 보내 주었다.

지난날의 좋지 못한 과거와 아픔을 다시 끄집어내 보고 쓴다는
게 나에겐 참으로 고문이다. 너무나 생생히 기억에 남는 아픔과 슬
픔……. 그러나 이 글을 쓰면서 내 마음도 정화되는 거 같고 울분과
한이 풀리는 거 같기도 해 속이 좀 후련하기도 하다. 울컥하는 설움
에 뜨거운 눈물이 앞을 가리면 한참을 울다가 긴 한숨을 몰아 내쉬
고 다시 쓰고는 했다.

다리 아픈 데를 찾아서 치료할 무렵에 왼쪽 어깨의 아픔을 느끼기 시작했다. 피가 묽어지는 약 '와파린'을 먹는 동안은 어깨를 치료할 수 없다는 의사의 말에 따르다 보니 고통을 참아가며 병을 키워왔다. 지금까지는 큰 종합병원이지만 심장내과에서 혈관에 관한 모든 진료를 종합적으로 하는데 내 다리 혈관도 진료를 받으며 약을 먹어왔다.

그러다 어느 날, 딸이 다니는 큰 병원에 가 보니 〈다리 혈관 전문센터〉라고 있기에 병원을 옮겨 보고 싶어서 옮겼다. 그 병원에서는 약을 달리 쓰기에 어깨 아픈 거 정형외과 진료를 받으면 안 되겠느냐고 문의하니 받아도 된다고 허락하시며 진료 예약까지 해 주셨다.

남편이 나를 종합병원이라는 별명을 붙여주었다. 내 긴 한숨에 땅이 꺼질까도 염려된다.

48

　양가 어른들에 의해 구식으로 결혼한 우리 부부. 난 웨딩드레스를 입어보고 싶었다. 세 딸들이 34주년 결혼 기념으로 웨딩 촬영을 하게 해 주었다.

　큰딸은 임신 중이고 멀리 있어 참석을 못 하고 둘째랑 사위, 막내가 동행해 주었다. 갈 때에는 즐거운 마음으로 콧노래를 부르며 갔다.

　한참 분장을 하고 있는데 남편의 핸드폰이 요란하게 울렸다. 추운 겨울날 일요일이라 왕복 4차선 도로가에 안전지대에서 벗어나 남편의 트레일러를 주차해 놨는데 어떤 승용차가 이차선 도로로 잘 가다가 왜 들어와 남편 차 꽁무니를 박았는지, 박고는 차가 불이 나 소방차가 오고 운전자는 많이 다쳐 구급차에 실려 갔다는 내용이었다.

　누가 우리 부부 웨딩 촬영하는 거를 질투하고 방해라도 부리려는지 분장을 거의 다 마치고 촬영에 들어갔는데 돌같이 굳게 굳은 내 얼굴 표정은 웃을 수가 없었다. 사진사랑 우리 딸들과 사위가 나를 웃게 하려고 갖은 노력을 했어도 나의 표정은 끝내 밝지를 못했다.

　촬영 후, 사진을 액자에 담으려고 고르라고 보여주는데 고를 만한 게 없었다. 그 속에서도 괜찮다 싶은 거 골라주고, 사고가 난 자리에 바람같이 달려와야만 했다. 달려온들 이미 우리 차 꽁무니는 다 부서졌고, 사고 난 눈 위의 자리만이 잔해로 어지럽게 널려 있었으

며 사고 낸 차는 간 곳이 없었다. 인근 파출소에 찾아가니 사고가
난 경위와 사고 차량을 알려 주었다.

거의 일 년 가까운 긴 소송 끝에 우리가 이겼다. 우리 차 수리를
다 받고 일하지 못한 운유 보상까지 다 받았다.

49

가끔 거실에 걸려 있는 우리 부부 웨딩 촬영한 사진과, 우리 딸 셋과 사위가 있는 가족사진, 남편 사 남매 형제들에게서 난 자녀 중 유일하게 대학을 졸업한 막내딸이 사각모자를 쓰고 찍은 졸업사진 등등을 보고 있노라면 감회가 새롭고 가슴에 뜨거운 감자가 들어간 것처럼 뭉클함을 느낀다. 막내딸은 고등학교를 졸업 후 취업해 다니면서 야간대학을 마쳤다.

그래도 좋은 때도 있었다. 그 성격에도 내 생일날 한 아름 되는 장미꽃 한 다발에 목걸이와 반지를 선물해 주었다. 남편은 그 당시 결혼 예물로 받은 금목걸이와 금반지, 세 딸의 돌과 백일 때 많이 들어온 금반지까지 옛날 초년에 노조 조합장 한번 해 보겠다고 할 때 다 팔아먹은 걸 무슨 날이면 내게는 한 가지씩 해 주지만 아이들의 반지는 내내 가슴에 큰 아쉬움을 남긴다.

남편에게 자상한 면이 아주 없는 건 아니다. 변덕이 솥에 죽 끓듯 해서 탈이지 자신의 일에 대해서는 너무 충실하다. 그 누구도 따라가지 못할 정도다. 그 점 하나는 아주 높이 평가한다.

남편은 결혼 초기에 뜬구름 잡아 쉽게 살아보려다 친가나 처가에서 신용을 많이 잃고는 회복을 못 했다. 결혼 후 지금까지 나에게 베푸는 것보다 나에게 받으려는 게 더 많은 남편. 정신연령은 나이

도 안 먹는 지독한 이기주의자 남편에게 여러 면에서 짓눌리며 살
다 보니 난 정신적으로 얼마나 많은 스트레스를 받았는지 완치가
안 된다는 것도 잘 안다.

큰집 동서 이야기를 좀 한다면 동서는 나랑 열여섯 살 차이가 난다. 그런데 시집와 살면서 늘 나를 못마땅해 하신다.

난 너무나 자상하시고 인자하신 아버지 슬하에서 엄한 가정교육을 받고 시집을 왔다. 그리고 성질이 무척 조용하고 온순하며 얌전하다는 주위 평이다. 난 누구를 대하든 그 사람에게 최소한 피해와 상처는 주지 않으려 하려는 게 내 자세다.

그러나 자기의 수준에 맞지 않는다, 말이 너무 없다 등등 모든 거하나하나 시기와 질투를 하고 트집을 잡는 동서님이다.

어느 날, 시숙님께서 위암 초기라며 위 절단 수술을 하시고 결과가 안 좋아서 서울 병원에 잠시 며칠 입원해 계셨다. 병문안을 갔더니 시숙님이 잠시 병실 복도에 운동을 나가신 후 나를 붙잡고 한바탕 일장 연설을 늘어놓으셨다.

나를 끔찍이 생각하시는 척하면서 이제는 너무 남편에게 기죽어 살지 말고 놀러도 다니라고 하시며, 왜 그리 사느냐, 아무리 생각해도 자네는 반 등신 같아, 하면서 내 속을 마구 뒤집어 놓으셨다.

누구는 이러고 살고 싶어서 사는가? 너무나 유별난 남편을 만나 세 딸 위해 구석구석 눈가에 눈물이 마를 날이 없이 한 톨의 밀알처럼 내 젊음을 불태우고 희생하고 사는 나이건만……. 신경이 극도로 예민해져 약이 아니면 하루도 못 사는데 남편 형제간에도 우애 생각해 동서에게 말대꾸 한 번 못 하고 다투지도 못 하고 언제나 많은 이해로 참고 사는데 뭐가 그리 못마땅하고 뭐가 그리 불만이 많으신지…….

시숙님 병문안을 가서 동서랑 이러쿵저러쿵 하면 시숙님 마음이 얼마나 불편하시겠나 싶은 생각에 "아, 그러세요." 하면서 부글부글 마구 끓어오르는 가슴을 눈 지그시 감고 또 관세음보살님을 찾으며 가슴을 쓸어내리고 집으로 왔다. 집에 와서도 좀처럼 불쾌한 마음이 사라지지 않아 무척 괴로워 맘고생을 많이 했다.

큰집 제사 때고 명절 때고 가면 심적으로 동서에게 스트레스를 대박으로 받고 온다. 결혼 후 사십 년 가까이 동서에게 스트레스를 받다 보니 오기와 반항이 생긴다. 내 나이도 이제 육십을 바라보는데 언제까지 당하고만 살아야 하나. 왜 내게 다음 생에 다시 좋은 사이로 만날 수 있는 공덕을 짓지 못하실까? 안타까운 마음에 발만 동동거린다.

언제부터인가 동서님이 나의 불행을 자기 행복으로 즐기는 것을 느꼈다. 그 후로는 꼭 필요한 말 외엔 어떤 말도 절대 주고받고 하기가 싫어졌다.

언제인가 한 해는 동서님 생신 때 시숙님과 동서님을 우리 집으로 초대해 음식을 장만해 차려 드린 적도 있다. 나에게는 거금인 이십만 원을 용돈으로 드리며 화장품 사서 쓰시라고 드렸다. 늘 당하고만 사는데도 서운한 맘 없이 그렇게까지 해 드리는 내가 기특하지 않은가?

시숙님도 위 절단 수술 후 식사 조절을 잘 못하시고 관리를 잘 못하셔서 위암이 재발해 돌아가셨다. 우리 집은 아들 없이 딸만 셋이라고 얼마나 무시하셨던가. 막내아들 어려서 일찍 데려가 정들여 키워서 양자 삼으라는데 남편이 싫다 하였다.

큰집 시숙님과 동서님은 슬하에 3남 2녀를 두셨는데 딸만 출가시키고 아들 삼 형제는 아직 결혼도 못했다. 다 사십이 넘고 혼기를 놓쳐서 힘들 거 같아 안타깝다. 감나무에 달린 홍시를 올라가서 따 먹든지, 흔들어서 떨어지게 해서 먹든지 해야지 감나무 밑에 가서 입 벌리고 떨어지기를 바라는 바보 같지 않은가.

결혼도 마찬가지다. 옛날에는 부모님이 짝을 지어주어서 결혼했지만 요즘은 내가 배우자를 구해야 하는데 노력도 안 하고 저절로 결혼 상대를 기다리면 언제 결혼하겠는가? 너무나 안타깝고 한심하다. 시숙님은 며느리 하나 못 보시고 토끼 같은 손자 하나 못 보시고 돌아가셨다.

언제나 큰집에 가면 주방 일은 내 차지다. 나도 나이가 있는데 조카 며느리 하나 없이 주방 일을 다 하려니 너무 짜증나고 스트레스다.

동서님은 내가 말이 없다고 늘 불만이시다. 난 거의 말을 안 한다. 그 누구와도 상대성이 없으면 대화를 안 한다. 아니 하기 싫다. 동서님은 그러다가 우울증 온다, 치매 온다, 늘 태산 같은 걱정이 늘어지신다.

'제 걱정 하시는 거 진심이세요? 걱정 마세요. 형님 고생 안 시키고, 치료비 보태 달라 안 할 테니'라는 말을 몇 번이고 하고 싶은데도 관세음보살님의 마음으로 가슴을 쓸어내리고 참는다.

남의 말이라면 좋은 이야기든 나쁜 이야기든 입이 잠시도 그냥 있지 못하시는 걸 바라볼 때는 동서님이 물끄러미 쳐다봐진다. 왜 저러실까? 나 자신도 다 알 수 없는데, 누구를 얼마나 안다고 남의 말을 저리 쉽게 하시는지 나로서는 도저히 이해하기가 어렵다.

51

큰딸이 서른셋 늦은 나이에 결혼해 곧바로 토끼같이 귀여운 아이를 낳았다. 양수가 모자라서 제왕 절개를 해야 한다기에 자연분만을 하려고 네 군데나 병원을 옮겨가며 진료를 받아도 해답은 마찬가지였다.

이왕이면 좋은 날 받아 낳자며 아주 이름 있는 비구니 큰스님에게 좋은 사주의 날을 받아 낳았다.

분만하는 날, 둘째 딸과 같이 큰딸네 집에 갔다. 산모랑 출산 준비물을 챙겨서 사위랑 다 같이 병원에 갔다. 병원에 들어가 우리는 병실 밖에서 초조하게 기다리는데 간호사가 아이를 안고 병실 밖으로 나와 보호자를 찾았다. "아이는 남자예요. 울어도 많이 울리세요." 하면서 아이를 내게 안겨 주었다. 아빠인 사위에게 먼저 안겨 주지 못한 게 살짝 미안했다.

우리 곁에, 내 곁에 나비처럼 살며시 다가온 아이. 반갑고 기쁜 마음 그 무엇과 바꾸리. 그러나 기쁨 반 아픔 반이었다. 생살에 칼을 대고 아이가 태어났으니 내 딸은 얼마나 혹독한 아픔을 겪었을까?

딸만 셋 키우다가 남자아이를 안고 보니 그 기쁨과 그 기분을 어찌 말로 글로 다 표현하겠는가? 남편에게 전화하니 남편 역시 너무 기뻐 흥분한 말투였다. 우리가 못 낳아본 아들에 대한 대리 만족이

랄까?

우리는 아이를 안고 입원실로 먼저 가 산모를 기다렸다. 기다리는
동안 아이는 생각해 가며 너무나 우렁차게 울어댔다. 아이는 세상
밖으로 나오면 이 험한 세상 어이 살아갈까?" 하며 운다는데…….

한참 후 산모가 아이 곁으로 옮겨졌다. 퉁퉁 부은 얼굴을 보는데
엄마인 내 가슴이 정말 찢어지게 마음이 아팠다. 그게 엄마가 되는
과정이고 어른이 되는 거란다, 조용히 마음속으로 혼자 중얼거려
본다. 내가 대신 아파줄 수도 없고 뭐 해줄 게 없어 바라만 보자니
내 애간장이 다 녹는 거 같았다.

삼 일을 지켜보고 있다가 집으로 오는데 발걸음이 무거웠다. 집에
와서도 간간이 안부를 물어 보면, 젖이 퉁퉁 불어 아파서 기계를 들
이대고 별짓을 다 해도 고생을 많이 한다고 한다. 너무 고통스러워
젖 먹이는 거 포기하겠다고 울부짖는 딸이 가여웠다.

그래도 민간요법을 써서 엄마의 모유를 얼마동안은 먹었다. 그러
다 우유를 먹고 자랐지만 아이는 별 탈 없이 잘 자라 주었다. 밤낮
으로 깊은 잠을 못 자서 애는 좀 태웠지만…….

52

결혼한 지 얼마 안 된 세 딸들이 한 달에 몇 만원씩 빼서 적금을 들어 우리 부부 해외여행을 시켜준다고 했다. 넉넉한 형편이 아닌지라 그런 세 딸들이 너무 고마웠다.

여행사 예약을 마치고 수영복도 사고 여름옷도 챙기고 준비를 해서 춥디추운 겨울 마지막 끝자락에 드디어 해외여행 가는 날. 아직 아이가 없는 둘째 딸이랑 군인 사위가 언니와 동생을 대신해 우리 부부를 따라나섰다. 처음으로 해외여행을 가시는데 현지 가이드만 믿고 부모님만 못 보내드린다며 사비를 들여서 같이 가기로 한 것이다.

드디어 즐겁고 신나는 해외여행 출발!

아무것도 보이지 않는 어두운 밤에 출발하는 비행기에 몸을 싣고 여섯 시간쯤 후 다행히 태국이라는 현지에 무사히 잘 도착했다. 여행 기간 동안 호텔과 식사, 차량, 동행인들, 가이드 모두 보통 이상으로 만족스러웠다.

그런데 가기 전부터도 그리 협조적이진 않았지만 남편의 불만과 투정은 출발과 동시에 시작되었다. 남편은 사사건건 시시콜콜 불만과 투정을 표출했다. 음식이 어쩌고저쩌고, 우리나라 60년대를 보는 것 같다는 둥, 수준이 떨어진다는 둥, 이렇게 시작해서 여행 끝자락엔 기억에 남는 건 그 나라의 이상한 택시밖에 없다는 둥 본인 마음에만 담아두어도 될 말들을 같이 간 일행들 앞에서 연설하듯 여과 없이 느낌을 이야기했다.

같이 간 일행들한테 너무 미안했다. 그들에겐 첫 해외여행일 수도 있고 없는 돈, 없는 시간 쪼개서 어렵게 온 해외여행일 수도 있는데 그들의 기분을 망치진 않았을까 염려되었다.

그리고 그런 아버지를 못마땅해 하는 딸아이를 보는 것도 곤욕이었다. 평소에 착하고 부모 맘 잘 헤아리던 딸이었는데, 결혼 후 4박 5일 동안 해외까지 나가 가까이서 지켜 본 아빠의 별난 성품과 변덕, 심술에 놀라서 그런 아빠를 이해하지 못하고 창피하다고 나한테 하소연하는 딸과 남편을 지켜보자니 고래 싸움에 새우 등 터진다는 말이 새삼 이해가 갔다.

그래서 나는 딸아이를 붙잡고 한참을 얘기했다.

"네가 다 이해해라. 여기서 네 아빠 기분을 못 맞춰주고 상하게 한다면 여행을 이만큼 추진해온 딸들 공은 온데간데없고 본인 잘못 생각 안 하고 너만 나쁜 딸이라고 두고두고 원망하며 사이만 멀어진다. 그리고 이렇게 아버지를 이해하지 못하고 투덜거리는 너를 보니 내 마음이 안타깝고 낯설구나. 나까지 너에게 실망하려 하니 내게까지 너의 세 자매 공을 깎으려 하지 마라."

이렇게 딸에게 간절히 애원하고 부탁했다.

그렇게 여행은 서로에게 겉으로 표현하지 못할 마음속 깊은 상처를 남기고 끝이 났다.

집으로 돌아와 남은 두 딸들이 여행은 즐거우셨냐? 음식은 입에 맞으셨냐? 잠은 잘 주무셨냐? 숨 가쁘게 물어댔다. 그런 딸들에게 남편은 시큰둥하게 "해외여행 안 가도 되는 걸 니들이 하도 난리를 쳐서 이름 지으러 갔다 왔다."고 힘없이 대답하니 두 딸도 어이가 없어 하며 기운 빠지는 실망감을 감추지 못했다. 그 후로 우리 집에서 그 여행 얘기는 누구도 먼저 하는 이 없이 슬금슬금 기억 저편으로 사라졌다. 둘째 딸아이는 그 후 한동안 발길이 없었다. 그렇게 죽고 못 사는 부녀지간이었는데 딸이 아버지에게 느낀 실망감과 상처는 그 후로도 오래갔다.

십구 년 동안 똥개로 산 개가 하루아침에 진돗개가 못 되며, 둥근 호박에 줄 긋는다고 수박 안 되고, 뱀이 아무리 박수 쳐도 용 안 되며, 걸레 삶는다고 행주 안 되듯 남편은 육십 생을 심퉁과 변덕, 고집을 부리며 자기주장이 강하고 별나게 살아왔는데 언제 어느 때 가족과 더불어 누구에게든 상대를 편하게 해주고 좋은 인상 주며 살겠는가?

남편은 둘째 딸에게 4박 5일 동안 내내 그리고 집에 와서까지 많은 스트레스와 실망을 한 아름 가득 넘치게 안겨 주었다.

53

어느 봄날, 화창하고 훈훈한 봄바람에 이끌려 디지털 카메라를 들고 산책길에 나섰다. 겨울 내내 우울하고 답답했던 마음을 먼지 털어내듯 훌훌 털어내 보려고……. 대우주 속에 세상만물이 조용히 소생하고 그 찬란하고 용감한 새싹들과 꽃봉오리들에 새삼 감탄한다. 이런 신비함을 사진에 담아 블로그에 올리는 나, 말할 수 없이 행복함에 젖는다.

어느 누가 시킨다고 하겠는가? 대자연의 순리와 법칙에 따라 사계절이 가고 오고 하지 않는가? 무르익은 대지는 더운 김을 물씬 풍긴다. 하늘과 땅, 바람과 햇빛은 시를 읊고 있다. 봄과 함께 합창한다. 봄의 철학은 오묘한 진리를 담고 있다. 저렇게 여리고 부드러운 잎이 어떻게 견고한 나뭇가지를 뚫고 나올 수 있었을까 싶다.

34평 아파트에서 딸 셋이랑 살다가 다 결혼해 나가니 집이 너무 허전해서 큰딸 내외랑 넓은 집에서 3년만 같이 살자 했다. 이사 오는 날짜를 받아 놓고서 하루하루 보낸다는 게 살얼음 디디는 것 같다.

딸이 부모 슬하에 혼자 있을 때보다 남편과 아이가 딸린 상태로 들어오면 아무래도 더 신경이 쓰이고 스트레스일 텐데 걱정이 앞선다. 걱정이 태산 같다. 딸과 사위랑 식구가 더불어서 오순도순 같이 살 생각을 하면 가슴이 마구 설레고 좋을 것 같지만, 또 토끼 같은 손자의 재롱에 시간 가는 줄 모를 것을 생각하면 더없이 설레고 좋은데 한숨만 나오는 걸 어찌하리. 가족 모두가 적응하려면 좀 시간이 필요하리라 본다.

드디어 내일이면 딸이 이사를 온다. 하룻밤을 보내고 나면. 내일 점심 준비로 소박하게 돼지불고기를 재워두고, 무짠지 채 썰어 무치고, 된장 끓일 준비까지 해 두었다. 이사 하는 날은 면을 먹어야 잘 산다 하지만 밥을 먹이고 싶었다.

드디어 이사를 했다. 막내딸이 식빵으로 샌드위치를 해 와서 모두가 오후 간식으로 잘 먹었다. 너무 기특하고 고마웠다. 어찌 그 생각을 했을까? 막내딸과 사위가 같이 와서 많이 도와주고 갔다. 형제란 이래서 좋은 것 같아 마음이 흐뭇했다.

이사 정리를 다 마치고 저녁에 큰딸 부부가 11개월 된 아이를 재워놓고 오고 가고 한 시간의 거리에 막내딸 부부를 태워다 주러 갔다. 그런데 아이가 얼마 자지도 않고 깨어서 한 시간 반 동안 엄마를 찾아가며 얼마나 슬피 울어대는지 너무 가엾고 마음이 아팠다.

급하게 달려온 엄마 품에 가서야 울음을 그치는 아이를 보고 참으로 천륜이 대단하구나, 새삼 느꼈다. 그러고 나서 잠시도 엄마를 안 떨어지려고 울어대는데 저렇게 어린 걸 떼어 놓고 가는 엄마는 얼마나 독하면 그럴까? 짐승만도 못한, 인간도 아니다 싶은 생각에 잠시 잠겨 보았다. 말 못하는 저 어린 게 얼마나 상처가 될까? 라는 생각에 한없이 젖어 보면서 옛 생각을 해봤다.

나도 이기적인 나만을 위해 아이들 버리고 가고 싶을 때도 많았는데 잘 참고 살아온 나 자신을 많이 사랑한다. 난 나를 한없이 칭찬하고 존경한다. 태평양 바다같이 넓은 천 같은 마음으로 유별난 남편과 동서의 모든 걸 감싸 안고 이해하고 살아가자니 이게 어디 쉬운 일인가?

딸이 우리 집으로 이사 오고 나서는 집안일이 몇 배로 늘었다. 남편이 일을 나가면 혼자서 호젓이 살던 때가 살짝 그리울 때도 있다. 그러나 가족이 옹기종기 모여서 살아야 좋다는 걸 새삼 느껴본다.

부모는 자식에게 사랑을 주어도 주어도 끝이 없다 했다. 나 역시 그러고 싶다. 결혼 후 집안일이 손에 다 익숙해지기도 전에 아이를 갖고 낳고 키우느라 고생한 딸이다. 내 집에 있을 때만이라도 내가 일을 더 하고 도와주고 싶다. 엄마 곁에 있을 때라도 좀 쉬게 해 주어야겠다는 맘이다.

난 스물넷에 큰딸, 스물여섯에 둘째, 스물여덟에 막내를 낳고 삼십 안에 다 낳았는데 큰딸은 결혼이 늦어 서른셋에 첫아이를 낳았으니 얼마나 힘이 드는지 다 안다.

손자가 우리 집으로 와서 하루가 다르게 무럭무럭 잘 자라고, 토끼 같고 여우 같은 재롱에 세월 가는 줄 모른다. 손자는 온 집안 식구들 마음을 온통 사로잡아 제정신을 못 차리게 한다. 한순간 한순간마다 너무나 귀엽고 신기하다.

아이가 태어난 지 어느덧 일 년이라는 세월이 흘러 돌잔치를 조촐하게나마 하였다. 우리 부부, 세 딸과 사위들 마음이 손대면 툭하고 터질듯이 잘 불어진 풍선과도 같이 부풀어 있었다.

사람들이 많은 자리, 진행자의 마이크 소리에 놀라고 긴장해 엄마 품에만 묻혀 있으면 어쩌나 많은 염려를 했건만 토끼 같은 손자는 조금도 낯설어 하거나 당황해하지 않고 고사리 같은 손으로 손뼉을 쳤다. 단 몇 시간이지만 흐뭇하고 보람되게 잘 마칠 수 있게 해 주어서 너무나 고맙고 마음이 뿌듯했었다.

애써 낳고 키운 아이로서 잔잔하게 딸의 맘고생을 시킨 아이지만 딸과 사위의 마음은 얼마나 기쁘고 행복했을까? 조용히 생각에 잠겨 보았다.

54

어느 날, 남편 어깨가 아파서 지방에 있는 유명한 병원을 찾아가는데 길가에서 어린이용 자동차를 색색이 진열해 놓고, 만 원이라고 쓰인 현수막을 걸어놓고 파는 게 보였다. 너무나 착한 가격이라 반갑고 기쁜 마음에 우리 외손자 하나 사다 주자 하고는 병원에 접수해 놓고 잘 불어진 풍선 같은 마음으로 어린이용 차 파는 데로 갔다.

판매하는 아저씨가 우리 부부를 아래위 한번 훑어보더니 "손자가 몇 살이나 되었습니까?" 하고 물었다. 이제 첫돌 지난 외손자라고 얘기하고 "어떤 게 만 원입니까? 이게 만 원입니까?" 하고 숨 가쁘게 물어대니 "만 원짜리는 손으로 가지고 노는 것이고, 이거는 이십오만 원입니다." 하는 거였다.

가격이 이십만 원서부터 사십만 원까지 다양하게 다 선반같이 높은 가격들이었다. 우리 부부는 너무나 어이가 없고 황당해서 악어처럼 벌어진 입을 다물지 못하고 하하하, 호호호 어이없는 웃음밖에는 할 말이 없었다.

그냥 돌아서 오기에는 사랑스러운 손자가 좋아할 자가용 하나 사러 간 외할아버지 체면이 마구 구겨져 땅에 떨어질까도 염려도 되고, 사자니 가격이 만만찮아 한참을 구경하며 이거저거 물어보다 대형 사고를 치게 되었다.

사랑이더라!

143

남편은 일 다니며 늘 길가에서 파는 걸 보고 저걸 손자에게 하나 사 주어야지 했다는데 오늘에서야 소원 풀이했네, 하며 좋아했다. 이십오만 원짜리 차 하나를 사서 우리 승용차 뒤 좌석에 실어놓고 보니 마음이 부자 같았다.

딸에게 전화해 손자 자가용 하나 산 이야기를 하니 딸 역시 어이 없어 웃다가 좋아하면서도 부담스러워 했다. 안 그래도 또래 아이 있는 집에 가면 그 차가 다 있어서 남편에게 얘기하니 사 주라 하는 데도 가격이 만만찮아서 못 사주고 있는 중이라고 했다.

병원에서 진료를 다 받고 집에 오는 내내 가슴이 손대면 '툭' 하고 터질 듯한 풍선과도 같이 부풀어 있었다. 두 시간 거리를 단숨에 달려와 차를 지하 주차장에 주차하고 손자 자가용을 들고 내렸다.

자가용을 바닥에 내려놓고 비닐 포장 안으로 손을 집어넣고 차를 움직여보는 남편에게 난 주위를 살피며 "여보! 집에 가서 해야지 여기서 하면 어떻게 해요." 하면서 어서 집에 가자 재촉했다. 엘리베이터를 타고 내리니 현관문이 활짝 열려 있었다.

남편이 자가용을 안고 집 안으로 들어가니 딸과 사위 입이 귀에 걸리고 좋아했다. 아이는 일찍 평온한 잠자리에서 꿈나라에 간지라 깨워서 태워볼 수가 없는 게 아쉬웠다. 딸 부부와 우리 부부는 내일 아침에 손자가 좋아할 얼굴 표정에 들떠 한참을 차 곁에서 떠나지 못하다가 겨우 잠자리에 들었다.

그 이튿날, 달콤한 잠에서 깨어 거실에 나온 손자가 낯선 빨간색 자가용을 보더니 엎드려서 이리 보고 저리 보고 한참을 살피더니 조심스레 차에 올라 이거저거를 만져보고 확인하며 좋아라 하고 금방 재미에 빠졌다.

딸은 스마트폰을 들고 사진을 막 찍어서 두 이모들에게 폰으로 전송하고, 할머니인 나는 카메라에 사진을 담아 블로그에 올리고 난리법석을 떨었다.

저녁에 하루 일과를 마치고 집에 온 남편 하는 말이 더 가관이었다. 면허증도 마련해주고 자동차 등록도 해야 한다며, 손자를 차에 태워서 리모컨으로 원격 조종하고 한바탕 즐겁고 행복한 시간을 가졌다.

손자에게 내가 바라는 게 있다면 대나무같이 곧고 바르게 자라고, 튼튼하고 건강하게 자라고, 사사사철 그 어떤 비바람과 눈보라, 거센 태풍에도 변함없는 소나무 같이만 자라는 것이다. 거실을 다람쥐 쳇바퀴 돌듯 마음껏 돌아다니고, 여기저기 부딪쳐 거실에 이거저거 부서지고 다 망가져도 좋다. 너만 무사하고 즐겁게 놀고 건강하게만 자라다오.

아들 하나 없이 딸 셋을 키워 다 결혼시켰지만 세 딸들에게 살짝 미안하기도 했다. 큰딸이 네 살이고 둘째 딸이 두 살이었을 때, 옆집 남자아이가 세발자전거를 타는 걸 보고 한 번씩 얻어 타보려고 수없이 자주 싸워도 그거 하나 못 사준 이야기를 오늘에서야 다시 해 보며 쓴웃음을 지어 보았다.

외손자로서는 첫손자에게 낳자마자 유모차에, 보험 들어주고, 용돈 모아 첫돌 기념으로 금팔찌를 해 주고, 거금의 장난감 자가용까지, 외할아버지가 외손자에게 잘하고 있는 것에 새삼 감사해 한다. 생전에 아들 하나 못 키워본 대리만족이 아닐까 싶다.

55

큰딸이 다른 딸들보다 유난히 성격이 까칠하고 변덕과 심통도 좀 있어 늘 걱정이다. 결혼 전에도 늘 그랬지만 우리 집에 들어와서도 가끔씩 내게 까칠하게 굴 때가 많아 황당하고 속상하고 자존심이 상할 때가 많았다.

난 좋은 게 좋다고 딸과 이러쿵저러쿵하지 않으려고 내가 넓은 마음과 따뜻하고 포근히 감싸야지 하는 생각에 늘 미안해, 잘못했어, 조심할게, 신경 쓸게 등등의 말로 딸의 입을 막아야만 했다.

그러다 우리 집으로 이사 온 지 두 달 째, 일주일 만에 네 차례나 크게 부딪쳐 서로 할퀴고 상처를 주고받고 하며 서로가 많은 갈등으로 괴로워하고 아파했다. 엄마가 되어 쉽게 나가 살라 할 수도 없고, 딸로서도 쉽게 나가서 살겠다, 할 수가 없다. 서로가 마음을 비우고 더 신중을 기해서 조심조심 하루하루를 지내며 보이지 않는 마음으로 서로가 다짐하고 노력하고 있다.

사위는 옛날부터 백년손님이라 하는데 난 늘 조심스럽다. 저녁이나 휴일에 집에 같이 있을 때 난 늘 마음이 편치 못하다. 남편이 심통과 변덕이 심하고 다정다감하지 못하고 삼베 천같이 거친 뚝뚝한 말씨로 사위랑 대화할 때 내 몸과 마음은 연탄불 위의 오징어 오그라들듯 한다.

사위에게 존경심을 잃게 하고 불쾌해하고 원망하는 마음이 쌓이게 해서는 안 될 텐데, 노후를 생각해서 딸과 사위에게 사랑과 인정이라는 적금통장에 저축을 많이 해 두어야 할 텐데, 얼마나 저축하려는지도 걱정이다. 남편의 좀스럽고 심통 많은 놀부 마음으로 인해 얼마나 많은 스트레스를 받을까?

딸들이 친정에 와서 뭐라도, 반찬을 조금 가져가려 해도 뭐 하나 맘 놓고 가져가지 못한다. 좀스럽게 다 참견하고 스트레스를 주어서 아빠에게 스트레스 받기 싫고 자존심 상한다며 몰래 가져가는 딸들을 보면 마음이 편치 않다. 계부 아닌 계부 마음을 쓰는 남편이 이해가 안 되고 야속하기만 하다.

미물의 강아지들도 화가 나면 서로 할퀴고 물어뜯고 하다가도 한참 지나면 서로 쓰다듬어 보듬어주고 장난치고 좋아지듯이 한집에 언제까지 살지 모르는 큰딸하고도 몇 차례 심하게 부딪치고 나서는 우리 모녀도 이래서는 안 되지, 하고 나날이 잘 지내보려고 무진장 노력하며 잘 지내고 있다.

난 사시사철 아침마다 토마토를 강판에 갈아서 남편에게 준다. 오늘도 새벽에 도시락 챙겨 놓고 강판에 토마토를 갈며 조용히 기원해 본다. 노년에 그 누구와도 잘 지내고 외롭고 고독해지지 말라고

남편을 출근시키고 집안일을 하다 무심코 들리는 소리에 귀를 기울인다. 초록빛이 짙고 거북이 등같이 갈라진 울퉁불퉁하고 견고한 나무에 온 힘을 다해 매달려서 경쾌하고 신명 나게 노래하는 매미의 울음소리에 새삼 신비함을 느끼며 감탄에 젖어본다.

긴긴 하루가 물같이 흘러가고 어둠이 온 천지에 조용히 내리깔리는 저녁이 되었다.

남편에게 이런저런 이유로 스트레스를 한 아름 가득 넘치게 받고 8시 알람 소리에 고정으로 먹는 혈전약을 먹으려고 주방에 들어가 약을 입에 넣고는 물을 먹으려고 물컵을 들고 식탁을 한 바퀴 돌다가 가까스로 정수기를 찾아 쓴웃음을 지으며 약을 넘겼다.

참 서글프고도 긴 한숨이 저절로 나왔다. 왜 이러고 살아야 할까? 널을 뛰는 가슴과 내 머리는 나더러 자꾸 차분해지라고 권하고 있었다.

57

러닝머신에 얽힌 이야기를 좀 하자면, 막내딸만 빼놓고 우리 부부와 두 딸들 모두 우량아라 생각하면 된다. 어느 날, 가족이 의논을 봤다. 운동기구를 집 안에 들여 놓고 운동을 좀 하자고 해서 그것도 아주 업소용 대형을 들여놓았다.

그러나 문제는 아이들의 본보기로 열심히 운동해야 할 남편은 운동을 게을리 하면서 딸들에게는 "왜 안 하느냐?"며 은근히 들들 볶으며 스트레스를 주었다. 그러자 둘째 딸이 반발심을 보이며 "운동할 시간이 되면 본인이 알아서 잘할 텐데. 저 운동기구 도끼로 다 부셔버리기 전에 강요하지 마세요."라고 무섭게 한마디 하고는 러닝머신에 아예 올라가지를 않았다.

다른 딸들도 역시 올라가지를 않았다. 그나마 나는 일주일에 세 번씩은 꼬박꼬박 십 년이 다된 지금까지도 운동을 하고 있다.

큰딸이 결혼해 아이를 낳고도 체중이 눈에 띠게 줄지 않자 병원에 가 물리치료를 받고 약을 먹어가며 운동하는데 어찌 전기세 말해가며 밖에 나가서 하라 할 수가 있는가? 얼마나 딸 가슴 시리게 서러움의 눈물을 흘리게 하려는지 친아빠로서 이럴 수가 있나, 도무지 이해하기가 어렵고 알 수가 없다.

잠자러 방에 들어와서도 한바탕 다투었다. 딸과 사위가 들을까 노심초사하면서 "장인어른으로서 사위 앞에서 본보기가 되고 체통을 좀 지켜 달라. 밥상이든 뭐든 맘에 안 들면 방으로 조용히 불러서 이야기해주면 웬만한 요구는 들어 주겠다."고 애원하며 잠자리에 누웠다. 그러자 남편은 베개를 내 발 옆에다 두고 나랑 반대로 누워 자고, 새벽에 깨우니 주섬주섬 옷을 주워 입고 찬바람같이 휭 하니 현관문을 열고 일을 나가버렸다.

계절과 시기에 맞게 처량하고 구슬피 울어대는 귀뚜라미의 울음소리가 심란하고 서러운 내 맘을 아는지 더 요란하게도 울어댄다.

한참 후 딸이 이제 걸어 쫓아다니며 모든 걸 배우려고 하는 손자를 앞장세우고 우리 방에 들어와 내게 숨 가쁘게 물어댔다. "엄마, 아빠 엊저녁에 왜 그러시는 거야? 도대체 내 남편 보기 민망해 살수가 없어." 하면서 나이가 들면 더 너그러워지고 더 성숙해야 하는 거 아니냐고, 엄마를 왜 못살게 구시는 거냐며 한바탕 넋두리에 마음이 한 움큼씩 뽑혀 나오도록 펑펑 울었다.

"3년 같이 살자고 하시더니 이제 4개월 되었는데 어찌 3년을 살아. 난 너무 심신이 고달프고 힘이 드네. 각각 가정이 다른 사람들이 합쳐서 사는 데 있어 적응 기간이 필요하다 해도 이리 힘들고 어려울 줄이야!" 하며 신세 한탄하는 딸을 지켜보는 내 마음도 잔잔한 호수같이 편하지만은 않았다.

하루 일과를 마치고 저녁에 집에 들어온 남편은 딸 부부가 없자, 내게 또 일장 연설을 늘어놓았다. 왜 딸과 사위 좋아하는 비듬나물과 고사리나물을 해 주냐, 내가 안 먹는 거 내 앞에서 먹지 마라, 우리 집에서 내 존재는 뭐냐, 내 위주로 해주라 등등 별별 치사하고 유치한 말이 다 나왔다.

또 남편은 "우리가 딸네 집에 얹혀 사냐? 딸네가 우리 집에 얹혀 사냐?" "왜 당신이 밥이고 설거지고 청소며 집안일을 더 많이 하냐? 당신이 이 집 가정부 식모냐?" 하며 시시콜콜 노발대발 한바탕 난리를 쳐댔다.

남이 아닌 딸과 사위와 같이 사는 가족인데 엄마인 내가 뭐든지 앞장서서 더 해야 되는 건 당연한데 왜 이기주의 성격으로 모두의 마음을 괴롭히는지 도무지 이해가 안 된다.

또 밖에 나가서 운동하지 전기세 무섭지 않나? 러닝머신에서 하게? 샤워할 때도 우리는 보일러 안 켜고 하는데 젊은것들이 꼭 보일러를 켜고 샤워한다는 등등 엄마가 되어 말도 못한다고 계부 아닌 계부같이 성화를 부렸다.

58

언제 한번은 시아버지 제사라 시골에 간다 하니 큰딸이 저도 간다며 18개월 된 아들을 데리고 따라 나서기에 승용차에 다 타고 출발했다. 큰집에 갈 때는 비슷한 방향에 사시는 시누이랑 같이 시부모님 제사에 참석할 적도 많았다.

한참 후 남편, 시누이, 동서 셋이 앉아 시아버님 살아오신 이야기서부터 윗대 조상님들 이야기에 시간 가는 줄 몰랐다. 너도 나도 한마디라도 더 하려고 한 사람 말이 채 끝나기도 전에 말을 잘라가면서 난리 아닌 난리로 삼박자가 척척 맞았다. 시집 식구들 모이는 자리에서는 으레 하는 화젯거리다.

난 늘 머릿속이 시끄럽고 귀가 따갑도록 듣는 이야기다. 그날도 가만히 앉아 텔레비전을 보면서 세 사람의 이야기를 듣고 있는데 나보고 동서가 "누가 무슨 말을 하면 눈동자 똑바로 쳐다보고 잘 들어두어라, 기억해둬라." 하며 훈계를 했다.

우리 친정에서는 보지도 듣지도 못한 감히, 상상도 안 되는 이야기들이 시집에서는 실제로 있었던 이야기들이다.

중매쟁이로부터 우리 부모는 물론 난 남편이 서출의 자식인지도 모르고 속아서 시집왔다. 부부는 쇠사슬에 함께 묶인 죄인이라 생각하기 때문에 발을 맞춰 걷지 않으면 안 된다 생각한다. 그런데 시아버지는 한 가정의 가장으로서 무책임하게 본부인과 2남 2녀를 나 몰라라 외면하고, 둘째 부인에게서도 역시 1남 1녀를 두고 그들도 가장 없이 어이 살라고 외면하시고, 셋째 부인에게 정착을 하시고 2남 2녀를 두셨다.

일생 동안 술과 여자에 빠져 수많은 여자들을 울리고 휘황찬란한 일생을 사시다 생을 마감한 시아버지 이야기서부터 좋지 못한 이야기를 매번 듣는 자체만으로도 책임감 없이 천박하고 짜증나고 불쾌했다. 어느 한 부분 어떤 한 마디도 난 이해가 어렵고 내 귀에는 좋게 안 들렸다.

올바르고 성실한 사람으로서 있을 수 없는 이야기에 충격을 금치 못하건만 셋째 부인의 2남 2녀 중 막내아들인 남편과 동서보다도 내가 배움이나 인간 됨됨이를 보나 부족함과 모자람이 없는데도 불구하고, 인간 대접 못 받고 정신과 문턱이 닳도록 드나들며 약 타다 먹으며 사는 것도 억울하고 분한데 시집의 윗대 조상님들 좋지 못한 얘기 잘 들어두고 기억하라니 너무나 어이가 없고 기가 막혔다. 좋은 이야기라야지 자식들에게 자랑삼아 본 받아라 이야기 하지. 동서는 수치스럽고 큰 수모라는 생각이 전혀 안 들고 자랑스러우신가 보다.

큰사위가 그날따라 쉬는 날인데도 안 데려가길 잘했다 싶은 생각에 안도의 한숨을 내쉬며 화로 부글거리는 가슴을 수없이 쓸어 내렸다. 사위가 이런 천박한 집안 내력을 다 들었다면 좋게 평하겠는가?

남편은 남편대로 잘나고 똑똑한 척하고, 동서 역시 기초 배움이 모자라는데도 대한민국 그 누구도 따라잡을 수 없을 정도로 잘난 척, 유식한 척하는 분이다. 한마디로 이해하기 어렵고 피곤한 타입이다. 그 속에서 온전한 정신 갖고 살아 버티는 내가 대단하다 싶다.

나에겐 손위 시누이가 두 분 계시는데 특히 남편 바로 위의 누님이 나랑 아주 쿵짝이 잘 맞는다. 시간과 날짜와 관계없이 언제나 변덕이 없고 인정이 철철 넘치며 마음씨가 늘 천사같이 곱고 일도 다른 이보다 몇 곱으로 하시는 억척스런 분이다.

그 분은 아주 어릴 때 부모형제 곁을 떠나 멀리 가서 식모살이해 탄 월급으로 친정에 많이도 보태주시고 고생도 많이 하시다 결혼하여 슬하에 2남 2녀를 두셨는데 지금은 다 출가시키고 남편과 사별한 후 혼자 사신다.

우리가 결혼하고부터 시누이 집에 다니러 가면 반갑고 따뜻하게 잘 대해주셨다 별난 남편 만나 성격 맞춰가며 잘 살아달라는 의미에서인지 내게는 유별나게 잘 대해 주셨다. 언제나 다정한 친구 같고 언니 같고 사랑을 듬뿍 주시는 시어머니 같은 분이셨다.

우리는 해마다 1년에 두세 번은 들린다. 큰집에 갈 때는 비슷한 방향에 사셔서 같이 시부모님 제사에 참석할 적도 많았다.

그러면 우리가 집에 올 때에는 이것저것, 올망졸망 양손에 버겁게 들려주시는 시누이다. 자가용 사서도 시누이 태워다 드리고 하면 차에 뭐라도 가득 채워서 실어주시는 분이다.

우리 결혼 초기에는 항상 밑 빠진 독에 물 붓기 식이었는데 언제 얼마나 도움을 받았는지 모를 정도로 시누이가 피땀 흘려 농사지으신 걸 너무너무 많이 얻어다 먹고 살았다. 나는 늘 가슴속에 머릿속에 문신처럼 깊이 야무지게 새기고 산다. 꼭 언제든 나에게 기회가 주어진다면 그 은혜 다 돌려 드리겠다고.

한 번은 우리 집에 오셔서 보름을 있다 가셨다. 내 동생 남편이 하는 치과에 치아 치료도 하고 새로 해 넣고 하기 위해서였다. 내가 군병원에 다닐 적의 일이다. 우리 식구 모두 출근하고 나면 우리 집 청소며 가사 일을 다 해주시고 혼자 주무시다, 놀다 하시면 저녁에 퇴근한 내가 자가용으로 치과에 모시고 가고는 했다. 내가 아침으로 죽을 싫증나지 않게 골고루 번갈아가며 끓여놓고 출근하면 혼자서 잘 챙겨 드신다. 저녁으로 가족이 다 모여 과일을 먹으면서 시누이는 씹지를 못하니 내가 곁에서 수저로 긁어서 드리면 드시곤 하셨다.

둘째딸이 쉬는 날, 청계천 복개 공사로 시냇물이 흐르게 한 곳으로 모시고 가 구경도 시켜드리고 맛있는 음식도 사 드리고 딸이 그날 찍은 사진 다 뽑아 미니앨범에다 다 끼워 드렸다. 언제 다시 우리 집에 오셔서 이리 오래 계시다 가실까 하고 우리 가족은 정성을 다해 드렸다.

언제나 늘 나와 사이가 좋은 걸 보고 자란 딸들이 결혼하고서도 고모라고 과일이며 맛있는 것이나 옷을 택배로 보내드리고 전화도 자주 드리며 잘 챙겨 드리는 것을 보면 그리 고맙고 흐뭇할 수가 없다.

좁다면 좁고 넓다면 한없이 넓은 우리 대한민국이 아닌가?

몇천 년, 아니 몇만 년 만에 인간으로 환생했을지도 모르고 우리의 자식으로 온 귀한 딸들이 아닌가? 깨알같이 많고 많은 사람 중에 우리 몸을 빌려서 이 세상에 내 곁에 나비같이 살며시 온 예쁜 딸들이 아닌가?

생각하면 할수록 너무나 소중하고 귀한 인연. 이생에서 헤어지면 언제 다시 만날지도 모르는 소중한 인연. 그런 인연이기에 소중히 다루고 많은 덕을 쌓아 다음 생에 또 다시 만나기를 바라는 마음으로 살아야 하건만 남편은 항상 자상하고 넓게 자비로운 마음을 쓰지 못하고 언제나 억세고 거칠며 이해심이 부족한 좁은 마음에, 변덕과 심통을 부려 자기 인격을 스스로 낮춘다. 그런 남편을 볼 때 늘 안타까움만이 동그랗게 맴을 돈다.

호수같이 잔잔한 가슴에서 큰 파문과 울컥함을 느끼니 뜨거운 두 줄기 눈물이 하염없이 흐르는 것을 주체할 수 없어 한참을 펑펑 속 시원하게 울었다.

　경기도 어느 산골짜기에 조그만 절이 하나 있는데 남편의 동갑나기 모임 친구 중 여자 한 분이 주지 스님이시다. 그분은 보살로 계시다 우여곡절 끝에 새로 큰 절을 짓게 되고 스님이 되신 후 오늘 부처님 점안식과 낙성식을 하는 날이다.

　새벽을 알리는 첫닭 울음소리가 싫어서 닭의 목을 잡아 비틀어도 새벽은 오듯이 아무리 동장군의 심술로 강추위가 기승을 부려도 찬란한 봄은 왔다. 대우주에 온갖 만물이 조용히 소생하는 2012년 양력 3월 31일 마지막 끝자락에 부처님 점안식과 낙성식을 거창하게 치렀다.

　절을 짓기 시작하고 우리보고 법당 정문에 문짝을 하나 보시를 하라 했다. 하나에 이백 하는데 삼 년을 두고 조금씩 보시를 하라 해서 흔쾌히 승낙하고 매달 조금씩 송금하고 있는 중이다.

　절이 거의 완공이 되어갈 무렵에 남편이 절에 가서 부려서는 안 될 욕심을 부렸다. 절 정면에 용머리 하나를 내가 보시한 거로 해 달라고 하니 스님이 그러마 하셨다.

　그리고 얼마 후 우리 부부와 막내딸과 사위랑 절에 가니 절 정면에 보면 용머리 두 개가 양쪽으로 날아갈듯이 웅장한 모습을 하고 있었다. 용머리 하나에 남편의 무슨 생 하며 이름 세 글자를 새겨 주었다고 그 모습을 스님께서 손으로 가리켜 보이시며 설명하시는데 남편이 감회가 새롭다며 고마워했다.

그리고 한참 후 우리 부부가 법당에서 자세를 낮추고 머리 숙여 기도하는데 스님이 왔다 갔다 하시며 남편에게 법당에 조그만 쇠로 된 종을 하나 하라 하셨다. 시집간 세 딸들 가족과 우리 부부의 이름을 새겨 넣으면 좋다고 하셨다.

누구에게나 이런 기회가 쉽게 오지 않고, 누구나 간절히 하고 싶어도 할 수 없다는 것도 잘 안다. 그러나 세상엔 공짜가 없다고 용머리 하나에 남편의 이름을 새겨 주었으니 우리 법당에 종을 하나 보시하면 어떻겠냐며 우리 부부를 조용한 자리로 불러 놓고 상의를 했으면 정당한 처세라 동감하며 스님의 뜻에 따르기가 쉽지 않았겠는가 하는 아쉬움이 크게 남아 미움과 원망으로 이어졌다.

우리 부부는 확실한 대답도 않고 법당에서 참배를 마치고 무거운 발걸음으로 집에 왔다.

절 처마 끝에 외로이 매달려 심술궂은 바람에 마구 흔들리는 풍경 소리가 한층 더 구슬프게 들리는 까닭이 무엇인가? 그 소리를 듣는 순간 새삼스레 고개가 갸우뚱 해하며 의아했다.

밤늦게 스님에게서 전화가 왔다. 쇠 종 값이 사백삼십만 원에서 사백오십만 원까지 하니 우리에게 하라는 내용이었다. 참으로 황당하고 어이가 없어 악어 입처럼 벌어진 입을 다물 수가 없었다.

어느 절이든 법당에 가면 보시자들의 이름이 새겨진 큰 아름드리 쇠 종을 볼 수 있을 것이다. 큰 종 하나 장만하는 데 같이 동참해 보시를 하면 이름을 새겨 준다는 게 아니고 우리보고 그 종을 단독으로 하라는 것이었다. 사십만 원도 버거울 판에 사백삼십만 원에서 사백오십만 원이라고 쉽게 말하시는 스님을 이해하기가 어렵고 머리가 실타래 마구 엉킨 것처럼 복잡했다.

스님의 입김으로 호수같이 잔잔하고, 연두부 같은 가슴에 화상을 입고 보니 가슴이 너무나 화끈거리며 답답하고 터질 듯해 쉽게 잠을 이루지 못하고 까만 밤을 하얗게 보냈다. 남편 역시 머리가 무겁다며 난감해했다.

심청전에 공양미 삼백 석을 부처님 전에 시주하면 눈을 뜨게 해 주신다 하는 스님의 말씀에 형편도 안 되면서 흔쾌히 허락하고 집에 와 고민에 빠진 심 봉사의 마음과도 같았다.

하루의 일과를 마치고 집에 온 남편은 "여보, 아무리 많은 생각을 해 봐도 그 종을 못 하겠어." 하면서 백만 원만 보시하자 했다. 나도 그 말에는 동감이다 했다.

그리고 그 이튿날 남편 출근하고 몇 시간 후 남편에게서 전화가 왔다. 백만 원만 보시하겠다고 전화를 하니 스님이 다른 절 스님 몇 분이랑 지금 종 사러 가는 중이고 그 종을 우리가 사는 거로 돼 가고 있다고 해 우선 백만 원만 보내고 나머지는 돈 되는 대로 3년을 두고 보낸다 했다고 나보고 그리 알라고 했다. 너무나 기가 막히고 어이가 없었다. 내가 왈가왈부 나섰다가는 더 큰 소리가 난다는 걸 알기에 남편 뜻에 따르기로 했다.

도대체 무슨 생각으로 가정형편이 어려워 힘들어 하면서 절에서 하라는 대로 해야만 한다고 생각하는지. 우리 형편이 얼마나 어렵고 힘든데……. 의사를 분명히 하지 않고 강제성 띠는 대로 끌리어 다닌다며 딸들이나 나나 마음이 편치 못했다.

얼마나 덕을 보려고 우리 가정에 가족들 마음 가득 근심을 안겨 가며 보시를 하느냐고, 이렇게 우리 가정의 가족 마음이 편치 못한데 어찌 보시가 되는 거냐고, 어디든 누가 듣든 말든 막 소리치고 싶은 심정이었다.

보시는 내가 평화로운 마음에서 찻잔의 찻물 우려 나오듯 은근히 우러나와서 해야 하는 거 아닌가. 너무나 안타깝고 야속하고 섭섭하다.

며칠 후, 스님이 남편에게 전화를 했다. 깎고 깎아서 삼백오십만 원에 샀다고. 이러나저러나 난 기분은 좋지 않고 반갑지 않았다. 그런 식으로 신도들에게 부담을 지운다면 절 하나 지어 근사하게 차리는 건 시간문제 아닌가 싶다.

옛날 우리 어릴 적에 깊은 산중에 외로이 홀로 있는 절. 짚신 아니면 흰 고무신 신고 두덕두덕 기워 입은 두더지 옷 입고 큰 바랑 메고 밀짚모자 눌러 쓰고 집집이 목탁 쳐가며 시주 다니시던 스님. 칠흑같이 어두운 밤에도 더듬거리며 산길을 걸어서 다니시던 스님이야말로 너무도 그립고 존경스럽다.

물론 하루가 다르고 눈부시게 발전해가는 현실에 맞추어 살고 현실을 받아들여야 한다는 걸 모르는 것 아니다. 지금은 스님들이 핸드폰, 자가용, 좋은 의복에, 좋은 신발에, 술과 고기, 기름진 좋은 음식에, 거기에다 한 술 더 떠 도박판까지 벌이니 그리운 게 무엇이겠는가?

미꾸라지 한 마리가 온 강물을 흐리게 한다는 속담이 있다. 몇몇분들의 스님들로 인해 대한민국 불교계에 계시는 셀 수 없이 많은 스님들까지 세속의 사람들이 고운 눈으로 보지 못함이 아쉽다. 요즘은 세월이 흐를수록 스님답고 스님다운 참다운 스님 만나기가 참 어렵다는 게 안타까울 뿐이다.

어떤 스님이 하신 말씀, "절에 부처님 뵈러 가지 스님 뵈러 가냐?"고는 하시지만 그래도 언제 봬도 다정다감하시고 좋은 법문을 잘하시고 부처님 전에 보시를 많이 하는 신도들에게만 치우치지 않고,

단돈 천 원 한 장, 초 한 자루 부끄러워 내 몸 메추리 새같이 오그라들 듯한 마음으로 불전에 놓더라도 그런 신도들과 차별하지 않고 사심이 없는 그런 스님이 있는 절이 그립다.

진리는 빈부귀천을 가리지 않아야 한다고 생각한다. 오늘날 한국 불교는 부유한 자, 권력 있는 자를 더 우대하는 종교가 되어 있다고 본다. 더 세속화되고 더 타락하기 전에 수행자들이 본래의 출가 정신으로 돌아가야 한다고 생각한다.

옛날과 세태가 다르므로 스님들은 초기 수행자처럼 살 수는 없다. 그렇지만 그런 정신만은 이어받아야 한다고 생각한다. 요즘은 절에 가서 스님 노릇하기가 얼마나 쉬운가? 모든 것이 얼마나 풍부하게 다 갖추어져 있는가?

돈 많고 이름 있고 권력 가진 사람들만이 주지실에서 차 한 잔 얻어 마실 수 있다는 게 큰 절일수록 더 심한 현상인 것 같다. 세속의 논리와 가치관이 수행자들의 청정도량까지 물들이고 있는 것 같아 안타깝다.

돈을 많이 내는 사람이 우대받는 곳이 절이라면 어떻게 그곳을 진리 추구의 장소라고 할 수 있을까? 언제나 어느 절이든 보시 많이 못하는 신도들은 부자 신도들의 그늘에서 맴돌아 늘 안타깝다. 스님들이 돈 많은 신도들과 소고기집 보신탕집이며 고급 차를 타고 다니시는 걸 종종 보고 듣고 할 땐 뒷맛이 참 씁쓸하다.

63

이번에 절의 종 문제를 현명하게 대처하지 못하는 스님과 남편에
게 심한 분노를 느낀다. 왜 깨우치지 못하고 어리석음을 면하지 못
하는지 너무 안타깝다.

남편은 매사에 베짱이 너무 크고 욕심도 많다. 뒷감당도 못 하면
서 뭐든지 벌려만 놓고 큰소리만 친다. 그러다 뭐가 제대로 안 되면
좀스럽게 심통만 잔뜩 부린다.

남자 나이 육십이 넘으면 양 어깨에 무거운 짐 하나씩 내려놓고
살다가 자식들에게 많은 유산은 못 남겨 주더라도 빚은 남기지 말
아야지 싶다. 큰 욕심 없이 홀가분하게 살다가 자연 흙으로 돌아가
야 하는 거 아닌가?

남편은 무슨 생각을 하는지 언제까지 젊은 혈기가 넘치는 청춘으
로 착각하는지 알 수가 없다. 날이 갈수록 양 어깨에 무거운 짐 몇
개씩 더 얹어가며 살려 하니 한심하기가 어디 비할 데 없다. 만 원
을 벌면 열 곱을 쓰려 하니 이 얼마나 고달프고 어리석은 삶인가?

이거저거 순간적으로 판단하고 선택을 잘못해 너무나 힘들게 사
는 남편. 매달 뒤치다꺼리를 하느라 가계부 결제하는 나에게 마음
고생만 시키는 남편. 너무 원망스럽고 야속할 때가 많다. 윗돌 빼서
아랫돌 괴고 아랫돌 빼서 윗돌 괴이고 하다 보면 스트레스를 얼마

나 받는지. 이런 사실을 남편은 아는지 모르는지 난 너무 고달프다.

딴에는 사업한다는 남편인데 부도 안 내고 신용불량자 안 만드느라고 한 달 한 달 살얼음 디디듯 하고 내 가슴에 먼지처럼 소복이 쌓이는 많은 스트레스가 마음의 화병을 더 부채질한다. 내 정신은 어딘가에 저당 잡히고 빌려온 정신 한 조각으로 간신히 세상과 대응하고 사는 느낌이다.

어느 날, 친구이자 스님에게서 연락이 왔다. 종을 보시했으면 종 치는 것도 봐야 하지 않겠느냐고. 첫째 주 일요일, 셋째 주 일요일 법회가 있으니 참석하라고.

일요일에 남편과 같이 절에 가서 법회가 시작되어 종을 몇 번 치는데 그 종소리가 내 가슴을 마구 후벼 파서 괴로웠다. 절을 지어서 법당 안에 한 가지씩 구색을 맞추느라 이 사람 저 사람에게 얼마나 구걸 아닌 구걸을 했을까 생각하니 스님이 곱게 안 보였다. 그러나 이제 앞으로 쓸데없고 부질없는 번뇌를 다 털어 버리려고 많은 기도를 하였다.

남편은 아직 절 주변이 정리 정돈이 되지 못한 거 두루두루 손 좀 봐 준다며 법회에 참석을 못 하고 집에 올 적에 내게 물었다. 종소리 들어봤느냐고.

언제까지나 죽어라 미련하게 황소처럼 일만 하는 남편 뒷바라지를 하면서도 가엾고, 분노를 느끼자니 내 맘도 편하지 않아 괴롭다.

64

큰집 조카에게 빌려준 돈 천삼백만 원이 백삼십만 원 아니, 이삼
백 같으면 쉽게 포기하겠는데 너무나 큰돈이라 쉽게 포기가 안 된
다. 차 담보로 대출을 받아 빌려준 돈이라 우리는 그 이자까지 3년
을 갚고 나니 우리 집 가계부에 너무 부담이 갔다.

생각을 안 하려 해도 매달 힘에 벅찬 가계부 결제를 하려니 자꾸
만 생각하게 된다. 남편만 믿고 기다려보려 했지만 한 세월 없다는
거 알기에 너무나 속상하고 화가 난다.

내가 나서면 큰집 식구들 누구든 나를 섭섭하고 야속하다 할까
싶어 말 한마디 못 하고 기다렸는데 4년이 다 되어 가는데도 이렇다
말 한마디 없고 너무하는 거 같다. 웬만큼 사이좋은 작은집 아니고
는 어느 작은아버지가 조카에게 그리 큰돈을 빌려주겠는가?

시골도 아닌 서울에 우리가 아파트 34평에 살고 있으니 큰 부자로
착각하고 천천히 갚아도, 아니 안 갚아도 된다 생각하는지……. 너
무나 속이 부글거린다. 자기 입속의 혀같이 굴던 딸이 결혼을 한다
는데도 아는 체도 안 하고, 큰집 조카는 차를 담보로 대출까지 받
아 주는 아빠를 얼마나 원망하고 섭섭해 했는데…….

오십이 다 되어가는 46세에 앞뒤 상황 판단 못 하는 조카에게 내
가 나서기로 하고 편지를 보냈다.

ㅇㅇㅇ야!

날씨가 더운데 고생이 많지?

얼굴 보며 말 꺼내기도 그렇고, 그렇다고 전화로 얘기하기도 불편할 거 같아서 서면으로 이야기해보자.

난 이 글을 보내기에 앞서 많이 생각했다.

다름이 아니고 너의 사정 뻔히 알면서 너에게 이런 얘기를 하는 내 마음도 편치만은 않구나.

우리 집 형편이 너무 어렵고 힘이 드는구나.

우리 집 딸 셋, 8개월에 한 명씩 2년 만에 다 결혼해 갔지, 작은아버지 하는 일이 기름 값은 나날이 오르지, 일해도 남는 것도 없다고 이제는 나이가 들어서 그런지 몹시 힘에 부쳐 늘 짜증만 부려 내 맘 편하지 못한단다.

나 역시 아픈 데가 많은 종합병원으로 직장도 못 나가고 집에서 놀지, 또한 지금 사는 이 아파트도 들어올 때 융자 삼분의 이를 받아서 지금까지 이자만 내 오다 이달부터는 원금까지 상환해야 하는 상황이고, 팔려고 해도 집값이 떨어져 남는 것도 없단다.

그림의 떡 같은 집에 살려니 너무나 화를 끓이다 못해 생각 끝에 너에게 필을 들었다.

일이백 작은 돈 같으면 난 생각도 안 하고 포기하겠어. 그러나 우리는 너 돈 해주고 많은 타격을 겪는단다. 그리고 네가 알다시피 천삼백이 작은 돈이니?

뒤에 따로 종이 한 장 있어. 봐라. 우리가 한 달 한 달 결제해야만 되는 거란다.

작은아버지 신용불량자 안 되게 하고, 부도 안 내려니 뒤에서 내가 얼마나 힘이 드는지 네가 감히 상상이 되겠니?

이 작은엄마한테 야속해하고 섭섭해 말아라.

계좌번호 하나 남겨 놓을 테니 형편 되는 대로 갚아주면 좋겠다.

이런 편지를 등기로 보냈다.

그 편지를 보내고도 내가 너무하는 건 아닌지 마음이 편치 않아 안정제를 두 번 먹고도 진정이 안 될 정도로 괴로웠다. 없어서 못 주는 그 마음 알기에 더 마음이 편하지 못하고 하루 종일 내내 괴로웠다.

내가 팔을 걷어붙이고 나서야 그 돈을 받고 우리 집이 살 수 있다 생각했다.

추레라 벌크차가 시멘트 원료 실어 나르는 일이고 일거리만 많으면 돈벌이가 되는데 언제부터인가 경기가 좋지 않아서 너무나 힘이 드는 실태다. 남편은 포부도 크고 욕심도 많다 보니 살아가는 자체가 힘에 버겁게 산다.

언제부터인가 한 달에 돈 이천에서 이천사백 정도 가져야 한 달을 결제하고 살 수 있다. 그렇게 산 지가 일 년이 다 되어 간다. 매달 많지 않은 월급에다, 카드 네 개갖고 서비스 받고, 몇 군데서 끌어다 빌려야 한 달 결제하고 간신히 긴 한숨을 쉬고 허리를 한 번 쭉 편다.

매달 결제할 때만 되면 내 정신 반은 나가고 빌려온 정신으로 간신히 버티는 거 같아 숨도 겨우 쉬고 사는 거 같아 무진장 괴롭다. 어느 가정집이 한 달 사는 데 필요한 돈이 이천이 넘는지 큰 소리로 여론 조사라도 해보고 싶은 이 심정 누가 알까?

하루하루가 마치 어둠 속 오백 미터 상공에 가로놓인 외줄을 타는 듯한 마음이다. 한 발만 잘못 내디뎌도 낭떠러지로 떨어져 흔적도 남지 않을 것만 같은 것과 같이 우리 집 가계부도 매달 아슬아슬하게 넘어간다.

어느 날, 남편이 아주 심한 몸살로 일주일을 앓았다. 이 병원 저 병원을 번갈아 다니며 약을 먹고 병과 씨름하여 겨우 나았다.

내가 가만히 남편의 병이 난 원인을 분석해 보니 나이는 어느새 육십의 문턱을 넘어섰고, 부채는 많고, 직업 변경은 못 하고, 일거리는 점점 줄어드는 추세이고 보니 그간 큰 고목나무 밑에 가랑잎 소리 없이 수북이 쌓이듯, 남편 몸에 만성피로가 많이 쌓이고 마음의 병, 감기랄까? 아니, 예전에 무서워했던 큰 홍역을 앓았지 않았나 생각된다.

내가 솜털같이 부드러운 소슬바람이라면 사랑하는 남편의 아픈 부위를 어루만져주고 토닥여 위로해 주련만 나의 그 어떤 말과 행동이 위로가 되어 주지 못한다는 게 내 맘 찢어질 듯하고 안타까운 마음의 발만 동동거리고 있다는 게 너무나 가슴이 아팠다.

언젠가 큰집 제사에 가니 동서가 하는 말씀이 시동생도 형님 차 판 돈에 대해 알고는 있어야 하지 않겠느냐며 시숙님 돌아가시고 생전에 돈 벌던 택시 판 돈으로 우리 아들 사천만 원이 넘는 빚잔치 해주었다는 등등 사실을 늘어놓는데 난 가슴속에 불덩어리가 들어 있는 것처럼 너무나 화가 났다.

우리 돈은 조금이라도 갚아주지 언제 갚으려고 안 갚느냐고, 안 갚아도 될 만큼 잘사는 거 아니라고, 우리는 조카 작은 돈도 아닌 큰돈 해 주어야 되는 법이라도 있느냐고 왈가불가하고 싶었는데 분해서 두 눈 가득 고인 눈물을 위로 천장을 쳐다보고 참았다.

조상님 제사 모시러 가서 시끄럽게 하면 안 되지, 하는 생각에 결혼 삼십오 년 동안 난 시골 갈 때마다 마음이 늘 편치 못하고 괴롭다.

며칠 있으면 큰집에 시숙님 제사를 지내러 간다. 시집과 친정이 십 리 거리에 있다. 시집에 볼일이 있어도 친정에 들러야 하고, 친정에 볼일이 있어도 시집에 들러야 한다.

시골엔 일 년에 두세 번씩 가는데 친정에 들리자면 일가친척이 많다. 큰집, 작은집, 고모님 세 집, 언니네, 큰시누이네. 잠깐씩이라도 두루두루 들러야 하건만 남편은 자기 편한 대로 한다. 자기 기분 변덕에 따라서.

시간과 사정상 다는 못 찾아보더라도 친정엄마는 보고 와야 하는데 병환 중에 계시는 엄마도 안 뵙고 올 때도 많았다. 친정아버지 살아생전에 남편이 뭐에 삐쳐서 몇 년씩 발걸음을 끊은 적도 있었다.

그러나 자기네 친척들은 꼭 찾아보는 사람이다. 여자는 출가외인이라고 너네 집엔 안 가도, 잘 안 해도 된다는 식이다.

지금 시대가 어느 시대인가? 아들은 없고 딸만 있는 집이 얼마나 많은가? 시대의 흐름을 따라 맞추어 가며 살아야 하지 않나 싶은데 너무나 안타깝다. 나이가 얼마나 더 먹어야 깨달음을 얻고 인간의 도리를 다 하고 살려는지……

"철들자 망령 난다"는 말, 어느 누가 한 말인지 남편을 지켜보고 있노라면 '음, 정말 진정한 명언이로다.' 하며 고개가 절로 끄덕여진다. 난 늘 남편의 이기주의 성품이 불만이고 마음 편치 못하며 괴롭고 미워하자니 죄스럽다.

난 이제나저제나 시골에 가면 친척들을 두루두루 찾아뵙고 올 수 있는 날을 긴 겨울 내내 따뜻한 봄을 기다리듯 목 길게 빼고 기원해 본다.

언제 시골 간다 하면 며칠 전부터 갔다 올 때까지 난 머릿속이 우리나라 지도처럼 너무나 복잡하고 생각이 많고 괴롭다. 두 눈을 감고 있으면 머릿속과 귓속이 여름에 매미가 견고한 나무에 안간힘을 다해 붙어서 자지러지게 울어대는 거 같고 모든 기계의 모터가 인정사정없이 마구 돌아가는 거 같은 소리가 들리는 듯해 괴롭다. 언제나 시골에 가면 일가친척들 다 찾아뵙지 못하고 오는 죄스러움과 괴로움, 그 어디에 무엇으로 달래고 위로하리!

아직도 시숙님의 죽음이 실감나지 않는데, 벌써 일 년이 되어 첫 제사라니……. 시골 큰집에 오후쯤 도착하니 큰집 동서가 이웃 분들과 음식 장만을 다해 놓았다.

첫 제사는 해 안 넘어가서 지낸다며 일찍 음식상을 차려서 지냈다. 동서 나이 일흔넷인데도 며느리 하나 없이 음식 장만하려면 얼마나 힘이 드는지 다 안다. 그러면 결혼한 두 딸들이 친정에 일찍 와서 팔 걷어붙이고 도와야 하건만 한가롭게 마루에 둘이 앉아 이야기가 늘어졌다.

동서님은 왔다 갔다 주방에 들어오지 않고 나 혼자 상을 차리자니 화가 부글부글 마구 치밀었다. 나도 나이가 육십을 바라보는데 언제까지 부엌에서 일을 해야 하나? 잘 참아오다 한마디 해 그동안 공을 다 날려 버릴 것 같아 참고 또 참았다.

큰집 가족들 특히 동서님이 첫 제사, 첫 제사 그렇게나 강조를 하면서 유별을 떨어도 제사는 여느 때와 같이 끝났다. 다 늦게 제일 큰집의 장조카 며느리, 칠십이 다 된 시누이, 큰댁 둘째 딸, 모두 나와 설거지를 거들어서 일이 일찍 끝났다.

동서는 주방에서 일하는 사람들을 다 자기 며느리로 착각하는지 가져갈 음식들은 각자 알아서 싸가라며 거실 소파에 앉아서 수다가 늘어지셨다.

우리는 그 밤에 집에 돌아와야만 그 이튿날 남편이 일을 나가야 하기에 남편에게 재촉을 했다. 난 음식을 하나도 싸지 않고 집으로 오는 방향에 사시는 시누이과 차에 피곤한 몸을 싣고 길고 긴 고속

도로에 들어서 한참을 왔는데 큰집서 전화가 왔다. 큰딸이 김치 공장을 하는데 김치 몇 박스 가져온 게 있으니 도로 돌아와서 한 박스씩 가져가라고.

너무나 어이가 없고 기가 막혔다. 진즉에 주고 싶은 마음이 있었으면 마루에 내놓고 가져가라 하는 것이 옳지 않은가? 줄까 말까 생각하는 데 몇 시간 걸리는 것도 아니고……

중앙분리대가 어느 지점서 끝이 나는지도 모르고 어디서 되돌아가서 그 꼴 난 5kg의 김치 한 박스를 가져 올 것인가? 빨리 가서 자도 남편은 몇 시간 못 자고 이른 새벽에 일 나가야 하는데 시곗바늘을 붙잡아 매놓고 갔다 올까?

배 속이 인정사정없이 마구 뒤틀림과 할 말이 마구 쏟아짐을 참으면서 애써 밝은 표정을 지으며 집에 김치 많으니 그냥 가자고 운전대 잡은 내가 우겨 오다가 시누이을 집에 내려드리고 집으로 왔다. 집에 오는 내내 두 시간의 거리를 나 혼자 쉬지도 않고 운전해 왔다.

그리고 늦게 잠자리에 들었지만 남편은 새벽에 깨워달라는 시간보다 한 시간 반을 넘겨서 일어나 일 나갔다.,

내가 결혼하고 지금까지 큰집에서 작은아버지 생일이라고 참석하는 식구들 보지를 못했고 올해 생일이자 회갑인데도 찾아와 보기는 커녕 그 누구 하나 전화 한통 없었다.

큰딸이 결혼 2주년 기념일이라고 소고기집에 가 외식하자고 했다.
그러나 한 푼이라도 아껴보자고 소고기 사다 집에서 먹자며 정육점
에 가서 소고기를 사려는데 딸이 따라와 삼겹살로 사자 해 삼겹살
로 사서 집에 왔다.

눈부시게 거창하지 못하고 약소하게 식탁에서 고기 구울 준비랑
저녁상을 차려 놓고 남편을 기다리니 여덟 시 넘어서 퇴근해 왔다.
남편은 사위가 장미꽃 한 다발을 사 와서 꽃병에다 꽂아 놓은 걸
보고 "뭐냐?"고 물으며 식탁에 앉는다.

사위랑 술잔을 주고받으며 "축하한다" 말하기는커녕 마누라인 나
에게 도시락 싸간 반찬 투정에, 큰댁에 잘못하는 거 같다며 나에게
훈계를 늘어놓았다. 큰집 식구에게 늘 정당한 대접이 아닌 푸대접
을 받으면서도 혼자서만 큰집에 너무 집착하며 큰집식구 편을 들며
나를 막 깔아뭉개는 남편. 그러는 장면을 사위가 몇 번 보고 딸이
라도 엄마에게 잘하라는 말을 들었다고 했다.

사위가 그런 장인을 어떻게 평을 할까? 차라리 딸 부부만 외식하
고 오라고 할 걸, 하고 진한 후회가 되었다. 사위 앞에서 웬 망신인
가? 부끄러워 살 수가 없다 싶은 생각에 너무나 어이없고 괴로웠다.
자기 마누라도 감싸주고 아낄 줄 모르는 남편, 언제나 깨우칠지 안

타깝다. 그 저녁 자리가 어떤 의미 있는 자리라는 걸 파악 못 하는 남편이 더 야속하고 원망스러웠다.

그 이튿날, 남편은 꽃병의 꽃을 보며 또 묻더니 "골고루 한다." 하며 불쾌감 담긴 한마디를 던지고 일을 나갔다.

어느 해인가 내 생일에 장미꽃 크게 한 아름 사준 걸 아주 대단한 일을 한 것처럼 두고두고 이야기하는 남편이 사위는 하면 안 되는 것처럼 못마땅해 하는 느낌이었다.

67

그리고 십사 일 후, 또 큰집에 시어머니 제사가 있어서 갔다. 언제나 남편이 오전 일을 하고 오후에 승용차로 같이 갔다. 그날도 오전 일을 하고 오후에 일찍 가려 했는데 같은 서울에 사는 큰집 막내 조카가 네 시 넘어서 우리 차에 태워 달라 해서 같이 시골 큰집에 도착하니 동서가 늦게 왔다고 혼자 투덜대며 이젠 너무 힘들어 못 하겠다며 나에게 이거저거 마구 시켰다. 며느리 하나 없는 자기 탓 해가며 동서인 나에게 시켜야지……

내 속도 편치만은 않았다. 우리 집에 아들 하나 없고 딸만 셋이라고 얼마나 무시하셨던가? 아들 없는 우리 집에 대 끊어지는 거나, 아들 셋 있는 집에 대 끊어지는 거나 무엇이 다르랴.

나도 사위 셋, 손자까지 보고 육십이 가까워지는데 언제까지 부엌에서 헤어나지 못해야 하는지 너무나 속상하다. 나도 오른쪽 다리 심부정맥혈전증으로 일 년 넘게 고생 중이다. 아픈 다리로 버스와 전철을 번갈아 타며 시골 제삿날 먼저 갈 수도 없고, 남편 역시 하루 일을 빼고 아침에 갈 수도 없고, 오후에 남편이랑 승용차로 같이 갈 수밖에 별 도리가 없다.

제사를 지내고 나서 남편이 큰집 조카들 셋과 형수님 다 모인 자리에서 일장 연설을 하였다. 친척이자 하나뿐인 작은아버지 올해 생일이자 회갑인데 어느 누구 하나 찾아와 보기는커녕 전화 한 통 없어서 되겠느냐고 하니 동서는 자식들 두둔하느라 변명이 늘어졌다. 다 각각 살기 힘들어서 인간 도리 못했다며…….

그러니 남편은 더 화를 가라앉히지 못하고 흥분했다. "내가 무엇을 사가지고 오라 했어? 돈을 달라 했어? 전화 한 통도 못 한대서야 이렇게 인정이 메마르고 삭막해서야 어찌 친척이고, 조카라 할 수 있냐?"고. 나이가 오십을 넘긴 조카딸이나, 나이가 다 오십을 바라보는 세 조카들이나 이건 다 가정교육 문제고 형수님 탓이라며 더 노발대발했다.

가만히 듣고 있던 동서가 시동생 말이 다 맞는지라 고개만 끄덕끄덕하셨다.

난 부엌에서 혼자 싱크대 안에 가득 쌓인 그릇들 설거지를 하며 거실에서 들려오는 이야기를 듣는데 그러면 안 되는 줄 알면서도 한편으론 통쾌했다. 왜? 내가 시집 식구들에게 이러쿵저러쿵 할 수 없는 처지라서…….

하룻밤 자고 조카들을 데리고 할머니 산소에 가서 벌초 좀 하고 오려 했는데 그 밤에 조카들이 다 돌아가야 한다고 하기에 우리도 자지 않고 늦은 밤에 집으로 왔다.

아침 기도

나에게 하루를 주심에 감사합니다.

이 하루 안에 만남을 주시고

이 하루 안에 사랑을 주시고

이 사랑 안에 희망과 기쁨을 주시고

나에게 하루를 주심을 감사합니다.

이 하루 안에 햇빛과 바람을 주시고

이 하루 안에 다정한 눈빛과 대화를 주시고

이 하루 안에 할 일과 배울 것을 주시고

나에게 하루를 주심을 감사합니다.

이 하루 안에 나와 가족과 친구들이 같이 있게 하심을 감사드립니다.

이 하루가 저물 때 집으로 돌아가 잠자리에 들게 하심을 감사합니다.

이 하루가 끝나면 새로운 하루를 동쪽에 준비해 주심을 감사합니다.

사랑이더라!

난 이 시를 무척이나 좋아한다. 가끔씩 이 시를 읽으면서 잔잔한 감동을 받으며 감사해 한다. 가슴이 신비함에 마구 설레고 감탄사가 절로 나온다.

대우주 위에 검은 어둠이 짙게 내리 깔리고 온갖 만물이 이내 깊은 잠에 빠진다. 창밖의 가로등만이 밤새도록 주위를 밝혀 준다.

온갖 만물이 깊이 잠들어 있을 한밤중에 비록 이삼 분의 짧은 시간이지만 다리 종아리에 사경을 해매는 한 차례 지진 같은 진한 통증을 느낀다. 언제나 건강이 좋아 지려는지 긴 한숨만이 끊이지를 않는다.

둘째 딸이 결혼한 지도 어언 사 년이 다 되어 간다.

야속하고 매정한 아빠데도 냉정하지 못한 딸이 그래도 부모라고 간간이 찾아와서 며칠씩 있다가 간다. 아이가 없어서 어디 다녀도 홀가분하게 마음 편히 잘도 다니며 신랑이 직업군인이라 훈련만 며칠씩 나갔다 하면 친정에 와 있다가 간다.

멀리 있는 딸이 오면 의좋게 지내보려는 자매들은 잘도 모여서 부모님 슬하에서 성장한 이야기, 결혼해서 살아가는 오색찬란한 이야기로 시간 가는 줄 모르고 울다 웃다가 재잘거리며 노는 걸 보면 나도 슬그머니 마음이 흐뭇해지고 푸근한 행복함에 젖으며 지난날의 삶을 되짚어 본다.

너무나 유별난 남편과 도저히 못 살겠다 선언하고 떨어져 물과 모래가 들어오는 헌 고무신짝 내팽개치듯 딸 셋을 버리고 나만 살겠다고 가버렸어도, 아님 별난 남편과 맞서서 늘 치고 박고 머리가 수없이 터지고, 팔이든 다리든 헤일 수 없이 많이 부러지고, 살림살이가 마구 이리저리 집어 던져지고 부서지도록 살았어도, 오늘날에 딸들이 이리 잘 성장하고 이 행복과 이 화목함을 유지해 왔을까?

남편은 순간순간마다 화목함과 행복이 지극히 당연하다 하겠지만 눈에 보이지 않는 그림자같이, 때로는 바보같이 한 톨의 밀알 같

사랑이더라!

179

은 내 희생이 없었으면 어이 이 달콤한 결실이 있으리. 언제나 말이 없는 내 가슴을 손으로 쓸어내리며 나 자신에게 무한한 고마움을 느낀다.

별난 아빠 밑에서 비뚤게 자라지 않고 똑바로 잘 성장해 주고, 새 보금자리를 찾아가서도 간간이 부모라고 찾아와 웃음과 기쁨을 포근히 안겨주는 세 딸들이다. 너무나 고마워 감격해 가슴에서 뜨거운 뭔가가 울컥 치미는 것을 느끼니 두 눈에 이슬이 맺힌다.

살아가면서 더욱 절실하게 느끼는 것이 있다. 인간은 매우 강한 존재이며 경이로운 존재라는 것이다. 대다수의 사람들이 어떤 상처에도 강하게 살아남는 생존력을 가지고 있으며 놀라운 상처의 복원력도 가지고 있다고 생각한다. 평탄하지 못한 삶 속에서도 잘 극복하고 강하게 살아온 세 딸들에게 끝없는 찬사를 보낸다.

오랜만에 다섯 식구가 모여 "하하 호호" 하며 웃음꽃을 피웠다. 남편 역시도 자기 분신인 세 딸들을 바라보며 흐뭇해한다.

행복해 하면 불행의 여신이 질투하니 행복해 할 일이 있어도 불행의 여신이 모르게 하라는 말이 있다. 난 행복해도 우리 가족 모두가 속으로 조용히 지내주었으면 하는 마음이다.

딸 셋이 몇 달 만에 만났다. 즐거운 하루를 지내보겠다며 큰사위가 운전하는 승용차에 다 타고 오전 열한 시쯤 집 나간 지 불과 몇 시간 안 돼서 둘째 딸에게서 문자가 왔다.

"엄마 뭐 해? 우리 지금 집에 가고 있어."

난 의아해 숨 가쁘게 물었다.

"왜? 저녁 늦게야 오겠지 하고 난 집안 청소하고 밥 먹고 아무도 없는 황금 같은 시간을 잘 보내보려고 컴퓨터 앞에 앉았는데 뭐가 문제니?"

"엄마, 언니가 너무 잦은 투정으로 징징거리기에 한바탕 했어. 우리가 집에 가거든 모른 체해 줘. 모두 다 상처 받았으니까 건드리지 마."라는 문자가 오고 조금 후 모두가 얼굴 표정이 딱딱하게 굳어서 현관문을 열고 들이닥쳤다.

모두가 다 말없이 굳어 있는데 누구를 붙잡고 내 의아하고 답답함을 풀어야 할지 난 응가 마려운 강아지 설쳐대듯 안절부절못했다.

둘째는 막내 동생을 삼십 분 거리에 있는 집까지 승용차로 데려다 주고 온다고 나가고, 큰딸은 제 방에 들어가 말없이 누웠고, 사위는 다른 방에서 아이랑 놀아주고 있었다. 사위에게 대충의 이야기를 듣고자 말을 시켜도 신통한 대답이 없었다.

나도 너무나 속이 상해서 침대에 누워서 가슴앓이에 우울함에 빠져 있었다. 엊저녁의 행복함을 단 하루라도 이어주면 안 되는 걸까? 왜 서로가 넉넉하고 포근히 감싸주는 마음으로 이해를 못 하고 서로가 서로의 마음을 할퀴고 상처를 내야 할까? 그렇게 해야만 했던 딸들이 야속하고 원망스러웠다.

몇 시간 후 저녁에 남편이랑 딸 둘과 사위 가족이 다 모여서는 아무 일도 없었다는 듯 부드러운 대화가 이어졌다.

세 딸을 2년 안에 다 결혼시키고 4년차 드는 이번 명절만큼은 딸 셋, 사위 셋, 가족이 다 모여서 알차고 오붓한 명절을 보냈다. 그간 시골 큰댁에 명절 쉬러 다니다 보니 제대로 우리 가족은 오붓한 명절을 보내지 못했었다.

딸 셋 다 결혼하여 알콩달콩 행복에 젖어 지내는 걸 지켜보는 부모 마음은 먼 산에 서서히 지는 해와 노을을 바라보는 것 같고, 밥을 안 먹어도 배부른 것과 같이 흐뭇하다.

너무나 이기적이고 심통, 변덕 많고 유별난 남편이라 사위들과도 잘 지내지 못하면 어이할까, 많이 염려했는데 천만다행으로 남편은 사위들에게 잘 대해준다. 2년 전에 먼저 본 두 사위와 막내는 결혼 전인데 예비 사위까지 사슴뿔을 넣은 보약 한 재씩도 해서 먹였다.

추석에 막내딸에게 추리닝을 선물로 한 벌 받았다. 같이 사는 큰 사위가 맘에 걸린다며 남편이 큰사위를 데리고 가 추리닝을 한 벌 사 준다며 온 가족이 차 두 대로 나들이 삼아 옷가게로 갔다. 큰사위, 막내 사위, 둘째 딸, 생일이 한 달 안에 다 들어 있어서 원하는 추리닝을 한 벌씩 다 사주었다.

부모로서 내 딸들과 일생동안 생사고락을 같이 해 주겠다는 사위들과 잘 지내보려는 마음만큼은 참으로 대견하고 가슴이 찡하도록 고맙다.

그래도

182

어깨가 날이 갈수록 너무나 아파 견디기가 힘이 들었다. 한 달 만에 특진교수를 만나 진료하고 하루 입원해서 MRI 찍고 검사한 후 수술 날짜를 받아놓고 기다리니 걱정이 이만저만이 아니었다.

또 차디찬 찬바람이 옷깃 속으로 사정없이 파고드는 것처럼 생각나는 것이 있다. 거의 10년 전 일이다.

남편도 오른쪽 어깨 수술한 적이 있다. 그때는 둘째딸이 다니던 직장을 휴가내고 하루 종일 아빠 곁에서 보호자의 역할을 했고 나는 군병원에 조리사로 일하느라 퇴근 후에나 잠깐씩 들여다 볼 수밖에 없었다.

그런데 수술 후 처음으로 머리를 감는데 수술한 한쪽 팔을 쓰지 못하니 내가 곁에서 머리 감고 닦고 말리고 하는 것을 도와주어야만 했다. 머리를 다 감고 닦고 드라이 하는 데서 남편은 자기 맘에 안 들게 한다며 한바탕 놀부 같은 고약한 성질을 부리고 병원 샤워실에서 찬바람처럼 휘익 나갔다.

아파서 병원에 와 있는 사람 머리 스타일이 좀 부스스한들 누가 흉이라도 볼까? 아픈 사람답지 않게 꼿꼿한 자세를 하고 있으려고 나를 괴롭히고 피곤하게 하나 싶은 게 나 역시 너무나 화가 치밀고 속이 상했다.

샤워실에서 너무나 황당하고 어이없어하다가 병실로 나와 마구 치미는 화를 다스리지 못해 펄펄 날뛰니 딸 역시 내 이야기를 들으며 어이없어했다. 환자는 신경이 예민하다는 걸 모르는 것도 아니고 그 누가 내 입 속에 혀 같이 굴어줄까? 너무 안타깝기만 하고 갑갑했다.

내 팔뚝에 주사바늘 들어가는 아픔도 참기 어려운데 어깨에 예리한 칼을 대고 그 속을 헤집고 꿰매고 할 게 아닌가 하고 생각하니 생각하면 할수록 전신이 진공 포장되듯이 바짝 오므라드는 느낌에 소름이 잔뜩 끼치고 무서웠다.

드디어 수술날이 다가왔다. 둘째딸이 입원 준비를 해 차에 싣고 월요일에 입원해 화요일에 수술한다고 마음의 준비를 해야만 했다.

수술 며칠 전부터 수술하는 순간까지 나는 빌고 빌었다. 내 인생이 뼛속이 시릴 정도로 외롭고 고독하며 너무나 고달프다 보니 차라리 마취에서 깨어나지 말고 영원히 잠들었으면 하는 마음이 너무나 간절했었다.

수술을 성공리에 마치려고 최선을 다하시는 의료진들과 수술실 밖에서 불안하고 초조한 마음으로 애타게 기다리는 남편과 세 딸들에게 진심으로 미안하고 죄송하지만 그들의 마음을 헤아리기에는 내 마음의 여유가 없었다.

2시간에 걸친 수술을 마치고 마취에서 깨어나니 어깨는 이루 말로도 다 표현이 안 될 정도로 심하게 아팠다. 하루 굶은 빈속에 수술하고 독한 진통제를 주사바늘로 들어가게 하니 내 몸에서 나타나는 강력한 거부반응으로 속이 울렁거리고 얼굴은 잘 익은 토마토 같은데다 머리는 아프고 어지러워 온전한 정신을 차릴 수가 없었다.

의료보험에 해당도 안 되는 비싼 약이라지만 난 그 주사약을 맞지를 못하고 생으로 아픔을 참고 견디느라 고생 많이 했다.

일주일 내내 내 곁에서 나의 손과 발이 되어 지극정성을 다해 간호하는 둘째딸. 좁고 짧은 간이의자에서 잠시 휴식을 취하고 있는 딸을 바라보고 있노라면 마음이 아리고 아팠다. 잠시라도 편히 쉬라고 딸 몰래 침대에서 내려가려고 뽀시락 작은 소리만 내도 "엄마 어디 가려고? 뭐 필요한 거 있어? 나 부르지" 하는 딸이 너무도 고맙고 사랑스러웠다. 이렇게 친구 같고 애인 같은 예쁜 딸을 나에게 보내주신 삼신할머니, 천지신령님께 늘 감사의 기도를 한다.

일주일 되는 날, 둘째사위가 우리 집에 같이 사는 큰사위와 나란히 병원으로 와서 나를 집으로 퇴원시켜주고 둘째사위는 딸과 같이 강원도 집으로, 일상생활로 돌아갔다. 언제나 처가에 무슨 일이 있으면 날짜에 관계없이 딸을 보내주는 사위에게 고마운 마음을 두 팔 크게 벌려 포옹하고 감사하고 싶다.

그럭저럭 일주일을 버티다 집에 오니 큰딸이 33평의 집안 살림하랴, 한참 말썽부리는 19개월 된 아이 돌보랴, 하루 종일 종종걸음으로 쉬지도 못하고 바쁘게 움직이는데 여기에 더해 나의 수발까지 들어야 하니 얼마나 심신의 부담이 컸을까? 해도 해도 표도 나지 않는 집안일을 해준 큰딸의 노고에 고마움과 감사함을 보태고 싶다.

팔을 움직이지 말라고 고정시키는 보조기를 옆구리에 차고 목에 걸고 있으니 너무나 불편했다. 그로 인해 받는 스트레스는 완전 대박이었다. 1달 하고도 12일, 꼬박 6주를 어이 버틸까? 앉으나 서나 누우나 끝없이 마구 쏟아지는 것은 땅이 꺼질 듯한 긴 한숨뿐이다.

두 팔, 두 다리, 열 손가락, 열 발가락, 건강한 육체를 가졌어도 그 어느 부위의 부족함과 모자람을 전혀 모르고 지내다 이 순간만큼은 너무 불편하고 고통스럽다. 새삼 장애인들의 고충이 얼마나 큰지 조금은 알 것도 같다. 눈이 있어도 사물을 볼 수 없으면 얼마나 괴롭고, 발이 있어도 어디 갈 수 없으면 얼마나 답답할지, 잠시 한쪽 팔을 못 쓰게 해 두었는데도 너무나 갑갑하고 서러웠다.

어깨 수술하고 두 달까지는 무리하지 말고 조심하라는 교수님의 말씀이셨다. 그 누가 아무리 내게 잘한다 해도 내 입속에 혀같이 굴 수는 없는 것 아닌가 싶다. 6주 동안 아픈 진통 속에 난 딸과 남편에게 신경을 칼날같이 세워 불만을 많이 가지고 내 자신을 많이 괴롭혔다. 마음 고생, 몸 고생 많이 하고 우울하게 지낸 날이 더 많아 슬펐다.

남편은 병원에서 수술하는 날도 하루를 내 곁에 있어주고 퇴원해서도 간간히 나를 많이 챙겨 주었다. 잠자리가 불편에 침대 밑 바닥에 이불을 따로 펴고 자니 남편이 잠자리를 돌려 머리를 나를 향해 마주 보고 자고는 했다. 저녁으로도 친구와 술 한 잔을 기울이고 들어올 때도 내가 좋아하는 붕어빵을 사서 식을까 봐 가슴에 품고와 내 놓는 남편이 고마웠다. 술자리서 무엇을 먹든 꼭 포장해 잘 싸다가 주었다.

드디어 6주가 되어 병원에 가는 날 남편이 하루 일을 빼고 나를 차에 태워서 병원에 같이 가 주었다. 교수님 진료 하에 보조기를 빼버리고 나니 너무나 홀가분해 어느 새가 내게 날개를 잠시만 빌려준다면 높고 푸른 상공을 한 바퀴 훨훨 날아다니다 돌려주고 남편 차에 나비처럼 살며시 내려앉아 차바퀴 굴러가는 대로 집에 오고 싶었다. 병원에서 집으로 오면서 남편이 맛있는 점심도 사주어서 이 맛을 영원히 잊지 못할 것이다 생각하니 한 아름 행복했었다.

한 달하고도 12일 만에 어깨보조기를 빼고 두 달이 채 안 되어 남편과 딸이 나를 향하는 마음과 행동이 지는 해 땅거미 보이듯 서서히 변하는 것을 느끼기 시작하니 참으로 서럽고 슬펐다. '긴 병에, 잔병에

효자 없다'는 옛말이 참으로 명언이라 생각한다.

　보조기는 뺐어도 잠자리 자세는 자유롭지 못하고 늘 안 아픈 쪽으로 모로 누워 긴 밤을 괴로워하며 새우잠 자다 일어나는데 부부로서 자유롭게 품에 안고 자지 못함을 아쉬워하고 옆에 있으나 마나 하다고 아침이면 불만이 백사장 모래밭에 뜨겁게 내리쏟아지는 햇볕과도 같은 남편을 대할 땐 나 역시 안타깝고 괴로웠다.

　나는 옛 우리 선조님들 지혜가 대단하다는 것을 알고 항상 존경한다. 새 며느리를 맞이하여 아들과의 잠자리가 원만한지 알아보기 위해 아침에 마루에 앉은 시어머니가 "애, 아가 어디 가느냐?" 하면 부드럽게 "장독대에 된장 뜨러 갑니다" 하거나 아니면 퉁명스럽고 뚝배기 깨지는 말투로 "된장 뜨러 가지, 어디 갑니까?" 한다며 말투로 테스트했다고 들었다.

　내 남편의 마음도 이해 못하는 건 아니다. 겉으로 보기에는 누가 봐도 내가 팔이 아프다는 것을 알 수가 없는데 언제쯤 가야 안 아플지 긴 한숨에 조급한 마음만 태산 같다. 그러면서도 가끔 늦게나마 나를 챙기는 남편의 그 마음씨는 고마우나 지금까지 살아오면서 별난 남편 성격으로 멀어진 친척, 동기간들이 동물원에 원숭이 재롱 보듯 몰려들게 했으면 하는 바람이다. 연령에 맞게 그 누구에게든 변덕, 심통 부리지 말고 의젓한 어른으로 위엄 있고 존경받는 사람으로서 성숙해졌으면 하는 나의 간절한 바람이다.

"엄마, 일요일에 영화표 2장 예매해드릴 테니 아빠랑 보러 갈 거야? 아빠한테 물어보고 문자 남겨 줘."

연말 어느 금요일, 막내딸이 문자를 보냈다.

남편에게 물어보니 한참을 생각하더니 겨우 대답하기에 딸에게 문자 남겼다.

영화 보러가기 전날 저녁에 텔레비전을 보면서 "여보, 점심 먹고 영화 봐야 하는데 어디서 뭐 사 줄 거야?" 하니 "그 건물 앞에 순댓국집에 가 순댓국이나 한 그릇씩 사먹고 들어가지 뭐" 한다.

그 말을 듣고 보니 머릿속이 실타래 엉킨 것처럼 복잡했다. 중매 결혼이라 데이트는커녕 영화 한 편을 못보고 결혼해 같이 산 것이 36년째다. 비록 나이를 먹었어도 마음만은 아직도 20대 같은데 야속했다. 예전에 비해 지금은 하루가 다르게 좋고 맛있는 음식이 얼마나 많은데 하필이면 순댓국이라니 '참' 무드 없고 재미도 없는 사람하고 살았다니. 내가 인생을 헛살았다는 생각에 너무나 실망했고 그렇게 허탈할 수가 없었다.

내일 지켜보자며 설레는 마음으로 밤잠을 설치고 찬란하게 밝아오는 아침을 맞이하며 아침밥을 부지런히 해먹고 화장하랴, 머리하랴, 옷 챙겨 입으랴, 바쁘게 치장하고 자가용을 두고 40분의 거리를 버스로 갔다.

간밤의 입자 고운 눈이 소리 없이 너무나 많이도 내리고 날씨도 추워서 녹지도 않은 탓에 대중교통이 좋을 거 같았다.

버스정류장에서 내려 한참을 걸어가는데 순댓국집이 보이니 저기라고 손가락으로 가르쳐 주는 남편이 살짝 미웠다. 그러면서도 "뭐먹고 싶은 거 있어?" 하기에 "응, 간만에 화장도 했는데 눈물콧물 흘려가며 순댓국 먹고 싶지 않아. 영화관이 11층인데 음식코너가 9층이라니 거기 가서 뭐 먹었으면 좋겠네" 했다.

남편이 그러자고 해서 엘리베이터를 타고 9층에서 내리니 음식점이 어마어마하게 많았다. 남편 주머니 사정을 생각하고 눈치봐가며 나는 돈가스를 먹는다 하니 남편은 전주비빔밥을 먹는다고 했다. 계산은 한 군데서 하고 음식은 각각 다른 데서 받아와 한 자리에서 먹는데 남편은 먼저 받아다 식탁에 놓고 내가 가기도 전에 먹기 시작했다.

내 음식을 받아서 가보니 거의 다 먹었다. '참' 어이가 없었다. 그러거나 말거나 음식을 다 먹고 영화관 앞으로 가니 1시간을 기다리며 보니 남편 나이와 비슷한 분들이 많이 온 것을 보고 남편도 좋아하는 것 같아 보였다.

무료한 시간을 달래보려고 우리도 젊은 애들 틈에 끼어 팝콘에다 음료수를 사서 의자에 마주보고 앉아 먹으며 영화시간을 기다렸다. 긴 시간을 기다려 시간이 되자 영화관 안으로 들어갔다. 젊은 연인이 아니라 서로가 붙어 앉지도 못하고 손 한 번 못 잡아보고 손에 땀만 가득 쥐고 보다 나왔다.

정류장까지 걸어가는데 길이 얼어 너무나 미끄러워서 넘어질 거 같으니 수술한 팔이 잘못되면 안 된다며 남편이 내 손을 꼭 잡아주어 무사히 버스를 타고 집으로 오는데 남편 친구가 술 한 잔 하자며 전화를 했다.

한참 후 버스에서 내려 친구가 기다리는 음식점으로 갔는데 술자리에서도 영화 본 이야기가 화제가 되었다.

아침에 가기 싫어서 남편이 약간 투정을 부리기에 "여보, 가기 싫으면 가지 말고 표 취소해. 2시간 전에만 취소하면 환불받을 수 있대. 나 영화 못 봐서 안달하는 거 아니야" 하니 "아니야, 가자" 해서 갔던 거였다.

안 가면 내가 삐칠 거 같고 가자니 귀찮고 해서 "요년, 집에 언제든 오기만 해 봐. 왜 영화 이야기를 해서 날 입장 곤란하게 해" 하는 마음이었는데 막상 가보니 후회는 없었고 볼만 했다고 이야기하는 남편이었다.

막내딸에게 고맙다고 문자를 남기니 "다음에도 간간히 예매해 줄게" 하고 답장이 왔다.

73

　우리 가족 누구도, 나 역시도 예상하지 못했던 나의 자살소동으로 구급차에 실려가 하룻밤은 병원 중환자실에서, 하룻밤은 일반병실에서 본의 아니게 외박을 했다.

　나는 중환자실과는 거리가 먼 줄로만 알았는데 중환자실이 어인 말인지.

　오후 4시 경에서부터 아무 기억이 없다가 맑은 정신이 들어 시계를 보니 밤 10시 20분이었다. 앞을 봐도, 오른쪽을 봐도, 왼쪽을 봐도, 사방을 둘러봐도 병실침대에는 환자가 살았는지 죽었는지 팔다리 사지를 밴드 끈으로 묶인 채 누워 있었다. 특히 내 오른쪽, 산소 호흡기를 끼고 주름이 자글자글한 할머니 한 분의 살껍데기만 붙어 있는 황새 다리 같은 가는 다리가 눈 안 가득 보이는데 눈물 나게 가엾고 마음이 아려 왔다.

　인생이 이 세상에 태어나 삶을 살아간다는 게 새삼 불쌍하고도 가엾다는 생각이 들었다.

　병원은 고요하고 적막한데 내 몸은 바람에 흔들리는 풀처럼 떨리고 마음은 얼음 위에 맨발로 서 있는 듯한 차디찬 외로움에 무섭기까지 하였다.

　2년 전 내 종아리가 어느 날 갑자기 무던히 붓고 아파서 처음 찾은

A이라는 이 병원에 와서 심장내과 조교수님에게 정맥혈전증이라는 병명을 발견했다. 2년을 심장내과에서 통근 약물치료를 받았는데 별 차도가 없는 것 같아 B라는 더 큰 병원의 다리만 보는 다리혈관 센터로 옮겨서 6개월 정도 됐다.

그러다 오늘 상황이 급하다 보니 다시 집에서 가까운 A병원의 중환자실로 구급차가 나를 데리고 온 것 같았다.

중환자실에서 나의 담당의사로 조교수님을 다시 만났다. 좋은 모습으로도 아닌 자살소동으로, 좋지 못한 몰골로 다시 만나니 나는 속으로 "어머나!" 하며 전신이 오그라드는 비명을 질렀다. 순간 그 수모는 어디에 비할까. 나는 그저 좁은 관으로 몸을 움츠리고 들어가는 달팽이처럼 어디론가 쏘옥 들어가고 싶었다.

그 조교수님은 나의 어깨를 다독이며 "왜 그러셨어요. 괜찮으세요? 다음부터는 그러지 마세요" 하시며 동정어린 말을 몇 마디 남기고 내 곁에서 멀어지셨다.

내가 여기에 왜 누워 있을까? 한참 기억을 더듬어 보니 희미하게 한 가지씩 생각이 났다.

큰사위가 경력을 쌓는다고 하루 일하고 하루 쉬고 하는 마을버스 일을 한 지가 6개월이 되었다.

일요일에 우리 부부와 딸, 손자는 강원도에 사는 둘째딸네 집에 다니러 갔다. 장소가 시골이다 보니 마침 집 앞에 개울을 막아 얼려 놓고 산천어 축제가 열리고 있었다. 식구가 다 같이 가보니 얼음 썰매 타랴, 산천어 낚시하랴 사람들의 마음이 하늘에 높이 떠 있는 대형 풍선과도 같이 들떠서 분위기가 좋았다.

큰딸이 아이가 재미있게 노는 사진과 그 분위기를 폰으로 찍어 일하는 사위에게 보내며 일을 마치고 늦게라도 오라고 하니 젊음이 있어서 그런지 밤 3시 넘어서 2시간 거리를 바람처럼 달려왔다.

그 다음날은 산천어 축제에 가서 동그랗게 구멍을 뚫어놓고 그 안에서 낚시를 하는데 쉬운 게 아니라서 한 마리도 잡지 못하는 사위를 안타깝게 바라보다 점심을 먹으러 닭갈비집으로 다 몰려갔다. 군에 있는 둘째 사위도 점심시간에 외출증을 끊어서 나와 다 같이 점심을 먹고 큰딸 부부는 좀 놀다 온다고 해서 우리 부부는 먼저 집으로 왔다.

그리고 또 한 주가 지나가고 일요일이 다가오니 큰딸 부부가 서울에 사시는 작은아버지 집에 인사차 간다기에 집에 홀로 남을 나보고 마침 쉬는 일요일인데도 일이 나온 남편이 따라가자고 해 같이 갔다.

점심때가 다 되어가기에 "시작은집에 간다며 집에서 출발했니?" 하고 큰 딸에게 문자를 하니 "아니, 우리 강원도 동생 집에 가는데 갔다와서 이야기할 테니 아빠에게 말씀하시지 마세요"라고 답장이 왔다.

그날 일을 마치고 집에 와 저녁을 해서 먹고 아무리 오기를 기다려도 오지 않자 남편은 걱정이 늘어졌다.

"내일 새벽에 일 가려면 일찍 오지 왜 이리 늦는 거야?"

간간히 문자를 하니 큰딸이 "걱정 말고 주무세요. 우리 좀 늦을 거예요" 하고 "모처럼 고종사촌 오빠 부부랑 다 우리 집에 모였는데 좀 늦어지네요"라는 문자가 둘째딸에게서도 왔지만 일일이 남편에게 다 이야기하면 한바탕 소란이 날까 봐 혼자만 전전긍긍하다가 남편에게 알려야 해, 그냥 속여야 해 하고 내 마음속에서 나 아닌 나와 다투느라 난리치다가 결국엔 남편에게 이야기하기로 했다.

"여보, 사실은 큰딸 부부가 강원도 동생네 가서 좀 늦는다네요. 고종사촌 오빠부부도 와서 같이 형제간에, 동기간에 우애를 다지자고 늦는다는데 꾸짖지 마시고 우리 먼저 들어가 잡시다."

남편이 노발대발 난리 아닌 난리를 쳐댔다.

"시작은집에 간다며 거기나 다녀오지! 동생네 다녀온 지 얼마나 됐다고 거길 또가? 어디 한 번 가려면 기름 값이며 자질구레하게 써야 할 돈이 얼만데!"

돈, 돈, 돈 하면서 일장연설이 늘어졌다.

자매간에, 동기간에 우애를 다진다고 자매 셋이랑 사위 셋이랑 고종사촌오빠 부부까지 다 모여서 하루를 즐겁게 잘 지냈다 하면 "잘했다. 대견하다"며 사기를 북돋워주며 칭찬은 못해주고 왜 고약한 성질 부려가며 자기 인격을 깎아 내리는지 도대체 이해가 안 가 남편과도 좋은 밤에 단잠을 자지 못했다.

아침에 일어나 거실에 나오니 사위도, 남편도 출근하고 딸과 손자만 남았다. 딸과 한바탕 지난밤의 일을 이야기하며 식탁에 앉아서 밥 한 숟가락을 물에 말아 안주 삼아 캔 맥주를 하나만 마신다는 게 어느새 서너 캔 마신 것 같다. 빈속에 맥주가 전류처럼 짜릿하고도 빠르게 퍼졌다. 그래도 좀처럼 맑은 정신은 흐려지지 않았다.

딸은 아이 때문에 조금 마시고 한참 후 나는 조용히 방에 들어와 침대에 자고 있다가 오후 3시가 좀 지나서 귀가한 남편에게 날벼락을 맞았다.

술 끊은 지 몇 년이 다 되어 가는데 얼마나 괴로우면 마셨을까 하고 자도록 그냥 둬야지 왜 자는 나를 일으켜 얼굴에다 주먹질을 몇 번 해가며 술 먹었다고 큰소리에 심한 욕설까지 퍼부어대는지 도저히 이해가 안 되고 참을 수가 없었다. 그래서 침대에서 가라앉은 용수철처럼 튕기듯 벌떡 일어났다. 고추장을 잔뜩 풀어 팔팔 끓는 찌개처럼 나는 얼굴에 빨갛게 분을 내 뿜으며 날뛰고 공격했다.

맥주 서너 캔 먹고 조용히 자겠다는데 뭐가 문제냐?

내가 어디 집 밖에 나가 누구 붙잡고 횡설수설하고 실수를 했냐?

내가 뭘 그리 잘못했냐?

내가 못 먹을 걸 먹었냐?

술이 떡이 되어 잔다 해도 그냥 두고 맘을 써주면 안 되는 거냐?

깨고 나면 심하게 나무라도 늦지 않는 거 아니냐?

나 역시 불타는 반항심에, 간이 배 밖으로 나왔는지 어디서 그런 대담한 성격이 나왔는지 도저히 참을 수도, 그냥 넘어갈 수도 없었다.

일평생 기죽어서 사느라 화병에 우울증에 시달리며 정신과 드나드는 거 누구 때문인데. 그 약을 먹어가며 참신한 여자로 살려고 노력하는데 별난 당신 만나 초겨울 된서리 맞은 풀잎처럼 검은머리 다 희어지도록 기죽어 살았어.

아무것도 가진 것 하나 없는 당신에게 시집 와서 딸아이 셋 낳고 많은 어려움과 괴로움 속에서도 잘 길러 다 결혼시키고 내가 해야 할 도리 다했어.

시집식구 동기간에도 단 한 번의 말다툼 없이 내가 모든 거 이해하고 때로는 바보같이, 벙어리같이 늘 모든 면에서 희생하며 살아왔어.

나도 이제 내가 좋아하는 꽃꽂이도 하고, 서점에 가서 책 보고, 글도 쓰고, 문화생활도 즐겨 가며 고고하게 살고 싶어.

언제까지나 당신 비위나 맞춰 가며 기죽어 지지리 궁상떨며 살고 싶지 않아.

침대에서 울며불며 아직도 아픈 팔이란 걸 잠시 잊고 두 눈에 레이저 광선 쏘듯 힘을 주고 소금뿌린 미꾸라지 나대듯 몸부림쳐댔다.

남편과 같이 큰소리로 보리 껍데기처럼 거친 말투와 심하고 야무지게 무게를 실어서 해서는 안 되는 욕설을 퍼부어대며 공격했다.

참는 것도 한계가 있지.

"잠자는 사자 콧수염을 건드리듯이 잔잔한 내 가슴에 이글거리게 불질러놓고 나랑 도저히 못살겠다고? 마음속에서만 만지던 어려운 말로 이혼하자."

악을 쓰니 남편은 비겁하게 가방을 챙겨 나갔고 그 뒷모습과 손에 든 가방을 내 눈은 빠르게 번갈아 보았다. 순간 머릿속이 하얘지고 눈에 보이는 게 없었다. 결혼해서 같이 산 세월이 얼만데 남자답게 정당하고 보기 좋게 합의해서 헤어지지 못하고 짧은 순간 욱하는 마음에 비겁하게 가방을 챙겨?

"이 배신자! 네 수준이 그거밖에 안 되는 거였어. 어디 골탕 좀 먹어봐라."

얼른 안방 문에 달린 열쇠를 뽑아 방 안에서 잠그고 약봉투를 이것저것 찾으니 피 묽어지는 와파린, 신경안정제, 수면제를 다 한데 모으니 한 움 쿰이 되었다. 비닐봉투에 포장되어 있는 약 봉투를 찢는 내 손은 기계처럼 빨랐다.

그 많은 약을 한입에 다 털어 넣고 화장실 세면대에 양치컵으로 수돗물 받아 다 삼키고부터는 캄캄하게 기억이 없었다. 하루 종일 먹은

게 없는데다 약 기운이 전류처럼 이내 퍼진 것 같았다.

나의 행동을 이상하게 여긴 남편이 비상 열쇠를 찾아 문을 열고 안방에 들어와 보니 약봉지가 수북하게 여기저기 흩어져 있고 나는 쓰러져 있기에 딸에게 구급차를 부르라고 한바탕 난리법석을 떨었다 한다.

축 늘어진 나를 구급차에 태우고 그 옆에 딸이 탔고 남편은 우리 승용차로 뒤따라갔다 했다. 가까운 병원 응급실로 가서 위세척을 다 하고 병실침대에 손을 붙잡아 매다시피 하고 눕혔다고 했다.

병원에서는 몇 시간만 늦게 발견했으면 정말 큰일을 면하지 못했을 것이라고 했단다. 피가 물같이 되면 혈관의 약한 부분이 터져 출혈이 되기 때문에 몸의 피가 순식간에 다 빠져나가는데 당 떨어지는 약, 수면제, 신경 안정제 등 해로운 약만 과다하게 먹었으니 중환자실에서 의료진들에게 꾸지람과 주의 사항을 많이 들었다 했다.

"간호사들의 관찰이 필요하니 이 환자 분 여기에 두고 집에 가십시오"라는 말을 듣고 딸과 남편은 집에 갔다 했다.

난 중환자실에서 외롭고 무섭게 하룻밤을 보내고 그 이튿날 낮 12시가 되니 면회가 되어 남편과 큰딸이 내게 다가왔다.

동정어린 눈으로 나를 지켜보는 남편이 병 주고 약 주고 하는 것 같아 약이 오르고 곱게 안보였다.

내 옆에 산소 호흡기를 끼고 가만히 누워 있는 할머니에게 60이 넘어 보이는 딸이 '엄마' 하며 애절하게 부르며 사설이 늘어지는데 나도 이래저래 서럽고 슬퍼서 눈가에 눈물이 주루룩 흘렀다.

일반 병실로 이내 옮겨져 하루를 있다 보니 말없이 흐르는 시간, 자연의 법칙대로 어김없이 까만 밤이 왔다.

일반병실에 또 심장내과 조교수님이 나타나셨다.

"진료도 받고, 더 지켜봐야 하니 며칠 계시다 가세요."

"아닙니다. 전 별 이상 없는 거 같으니 퇴원시켜주세요."

간절히 애원하니 마지못해 그럼 내일 퇴원하라 하셨다. 일반병실에서 하룻밤을 더 보내야 하는데 나 혼자 있어도 될 것 같아서 남편과 딸을 집으로 보냈다.

좋은 잠은 상한 영혼까지 치유한다는데 밤새도록 팔은 너무나 아프고 잠이 안 와 괴로움에 뒤척이다 우연히 창밖으로 올려다본 밤하늘은 흐렸다. 별 하나 없는 밤하늘은 하나의 음울하고도 거대한 눈꺼풀처럼 모든 광채를 닫아걸고 깊이 잠들어 있는 듯했고 난 한 움큼의 잠도 자지 못했다. 가슴 저 밑바닥에서 케케묵은 서러움이 복받쳐 숨 죽여가며 소리 없는 눈물을 많이도 흘리다 보니 야속하게도 하얀 새 날이 밝아왔다.

밖을 내다보니 잿빛으로 흐린 날씨가 내 마음을 더 우울하게 했다. 허탈해 보이는 남편과 딸이 와서 나를 퇴원시켜 집으로 왔다. 남편도 이틀이나 일을 빠지고 병원에 왔다 갔다 했다. 집에 오니 그간에 이야기를 차근차근 딸이 다 해주었다.

누구나 삶을 아름답게 살고자 행복하게 밑그림을 그리고 산뜻하게 색칠하며 삶을 영위하고 싶어 하지만 그게 뜻대로 잘 안 되는 것 같아 안타까움만이 동그랗게 맴을 돈다.

남편과 딸도 놀랐겠지만 나 역시 충격 아닌 충격이었다.

왜 그래야만 했을까? 나 자신에게 말한다. "너 잘했어. 한 번쯤은 진즉 그렇게 하지. 왜 그리 기죽어 힘들게 살았어." 그렇게 스스로를 칭찬도 해보고 달래도 보지만 머릿속 가득히 괴로움이고 잊기가 어렵다.

별난 남편 만나 살면서 부모형제 외면하다시피 하고 주야장천 남편과 세 딸만을 위해 한 자루 양초같이 내 몸을 태워 살아온 대가가 이런 것인가? 곰곰이 되씹어도 이 슬픔 어디에 그 무엇에 비하고 그 무엇으로 달랠까? 적당한 답이 없다. 아무래도 후유증이 오래 갈 것 같아 걱정이다.

A라는 병원에서 좋지 못한 일로, 보기 흉한 몰골로 조교수님을 만난 일을 생각하면 옷 하나 안 입지 않고 벗은 모습을 보인 것 같은 느낌과 불쾌감에 너무나 괴롭다. 잊으려고 애쓰면 쓸수록 더 생생히 기억이 살아나는 것은 왜일까?

그런 불미스러운 일이 한 차례 큰 태풍처럼 지나가고부터는 남편이 나를 대하는 것이 조금은 부드러워진 것 같지만 언제 어떻게 스트레스를 줄지 의심 속에 믿음이 안 간다. 다시 태어났다 생각하고 잘 살아보자며 나를 위로 속에 다독이는데 고맙기도 하지만 마냥 서글프기만 하다. 하루하루를 조심스레 나의 눈치를 보며 다정스레 대하는 남편이 의아하기만 하고 적응이 어려웠다.

74

나는 2년 전부터 가끔 남편이 운전하며 일하는 트레일러 조수석 옆
자리에 타고 하루일과가 끝날 때까지 잘 따라 다닌다. 남편 차가 높고
크고 길어 어디 식당에 대놓고 맘 편히 밥을 사먹을 수가 없다.

늘 안타까운 것은 반찬도 골고루 좋게 싸주지 못한다는 것이다.
그 밥도 짐 부리면서 왔다 갔다 하면서 식은 밥 한 덩어리 먹기를
물의 도움을 받아가며 급하게 목구멍으로 밀어 넣는다는 것이 내
맘을 더 아프게 한다.

이렇게 버는 돈을 집에서는 늘 모자란다, 쪼들린다며 투덜대고 쉽
게 쓰려고 한다니 참 속상하고 남편이 가엾다.

차가 높아 타고 다니면 좋은 구경도 많이 하고 앞으로의 사는 데
대해 이야기도 많이 나눈다.

그러다 저녁에 집에 나란히 같이 올 적엔 사는 게 뭔지 피곤함에
흠뻑 젖어 있는 남편을 승용차 조수석에 타게 하고 내가 운전해 집
으로 온다.

젊어서 내게 갖은 심통과 변덕으로 내 기를 죽여 가며 맘고생 혹
독하게 시킨 것을 생각하면 한없이 밉고 원망스러우면서도 칠흑같
이 검던 머리가 어느 새 흰머리가 가득하고 탱탱하던 피부는 잔주
름이 자글거리는 남편의 모습을 지켜 볼 때는 가엾고 안타까운 마

음만이 한 아름 가득 내 맘을 아프게 한다.

밤의 아파트는 덩치 큰 순한 개처럼 웅크리고 있었다. 드디어 집에 도착했다는 안도감에 아파트 앞에 서서 하늘을 올려다보았다. 하늘은 좁고도 어두워서 깊은 우물처럼 보였다. 그 검은 우물 속으로 아파트 꼭대기가 빨려 들어가는 것만 같았다. 고개를 들어 하늘을 보는 동안에도 어둠이 조금씩 건물을 집어 삼키고 있었다.

솜틀처럼 포근하고 회전의자처럼 편안한 집안에 들어오니 천국이 따로 없었다. 나는 남편의 발을 이틀에 한 번씩 씻겨준다. 발을 만지고 있으면 참으로 마음이 든든하고 고맙다. 이 발로 갈 데 안갈 데 다 다니면서 나를 지켜준다고 생각하면 부모형제 그 누구보다도 더 고맙고 사랑스럽다.

나이가 들어간다는 것은 어떤 의미가 있는 것일까. 나이란 오직 죽음과의 거리를 좁혀간다는 것만을 의미하는 것일까. 나는 문득 이젠 어쩔 수 없이 우리도 세상보다는 죽음과 어깨동무를 하고 살아가야 하는 나이가 되간다는 것을 절감한다.

늙은이가 나이를 먹는다는 것은 미래보다 오히려 과거로의 회귀를 의미한다 생각한다.

75

81세의 나이로 한 줌의 재로 흙으로 돌아가게 해드린 엄마. 새롭게 엄마라는 단어에 눈물이 났다.

나는 엄마의 따뜻하고 포근한 사랑을 받아본 기억이 없다. 누구나 엄마 하면 한없이 따뜻하고 포근함을 느낀다.

2, 3년 요양원에 계셨다가 갑자기 감기 폐렴 증세로 운명을 달리 하셨다. 팔남매 중 어느 자식 그 누구도 엄마의 임종을 지키지 못했다.

돌아가시기 일주일 전 남편과 같이 엄마가 좋아하시는 떠 먹는 요플레를 사서 엄마에게 갔었다. 마침 요양원에 계신 할아버지, 할머니분들의 만들기 오락시간이었다. 안내 데스크에서 엄마의 이름을 대고 외출증을 끊어서 점심이라도 사드리려고 우리 차에 태워 밖에 나가 어느 식당에 갔다.

차에서 내려 우리 부부가 엄마 양옆에서 부축해 간신히 식당에를 들어가니 소고기를 좋아하신다는데 소고기 메뉴가 없었다. 힘들고 어렵게 들어갔는데 다른 곳으로 이동하는 것이 엄마에게 큰 부담을 드릴 것 같아 그냥 그 식당에서 먹기로 하고 보니 먹을 만한 게 올갱이국밖에 없었다.

올갱이국을 3인분 시켜서 다 같이 먹고 식당 밖에 나와 긴 의자에 나란히 앉아 많은 이야기를 하다 바람이 쌀쌀하게 불기에 감기 들세라 얼른 요양원에 모시고 가서 조금 같이 있어 드리고 집으로 왔는데 그게 마지막이 될 줄이야.

일주일 후 올케로부터 새벽 4시에 돌아가셨다는 연락을 받고 보니 죄인 같은 기분에 허탈한 마음은 어찌 말로 글로 다 표현할 수가 없을 정도였다. 그야말로 하늘이 무너진다는 말이 실감이 났다.

결혼한 세 딸들에게 뒤따라오라고 연락해 놓고 우리 부부는 장례식장으로 바람과 같이 달려갔다. 너무나 갑자기 다가온 엄마의 죽음이 믿기지 않았고 목이 매여 울음도 눈물도 쉽게 나오지를 않았다.

전기가 없고 가전제품, 고무장갑도 없고 자동차가 흔하지 않고 의식주가 어려운 시대에서 팔남매 자식을 낳으시고 기르시느라 어렵고 힘든 삶을 살아오신 엄마. 그 시절, 그 시대의 삶은 누구나 다 고달프고 힘들었을 것이라 생각하니 가엾기가 어디에 비교할 수 없었다.

싸늘히 식은 시신 앞에서 하염없이 흐르는 눈물을 주체를 못하고 오열해 보지만 다 부질없는 짓이란 걸 알았을 때 더 가슴이 산산조각으로 부서져 내리는 것만 같았다.

엄마와 한 몸으로 열 달을 같이 있다가 세상으로 떨어져 나올 적엔 천사같이 곱고 부처님같이 착하고 어진 마음이었건만 자라는 과정에서 첫 단추를 잘못 끼운 옷처럼 비뚤어진 성격으로 세상과 부모형제를 바르게 보지 못하고 부모에게 효도하지 못하고 형제와 의좋게 지내지 못하고 살아온 내 자신이 한없이 부끄럽고 죄스러웠다.

엄마에게 넓고 깊은 많은 사랑 한 몸에 듬뿍 받아 보지는 못했어도 낳아주시고 길러주신 은혜만큼은 결코 잊지 않을 것이다.

좋은 시대 만나지 못하고 좋은 삶 살다 가시지 못한 가엾으신 엄마.

사랑이더라!

이승의 인연을 살며시 다 내려놓으시고 한 많은 이 세상과의 쇠심줄보다도 더 질기고 질긴 인연들 미련 없이 후회 없이 다 끊으시고 하루속히 부디 왕생극락 하시고 다음 생엔 좋은 시대에 다시 태어나 부귀영화 누리시라고 빌어 드렸다.

입관하는데 마지막 엄마의 모습을 보라고 해서 형제자매, 친지들 몰려가서 보니 고단하게 잠드신 모습 같아 보는 이들의 마음은 더 처량하고 아팠다.

싸늘하게 굳은 엄마를 끌어안고 엄마의 얼굴을 쓰다듬어 보지만 애달프고 찢어지는 마음은 그 무엇 어디에 비하겠는가.

왜 내게는 따뜻하고 포근한 사랑을 베풀지 못하셨냐고 물어보고 따져보고 비난도 원망도 하고 싶었지만 내 가슴은 텅 빈 강정속 같이 허전하고 허무하고 할 말을 잊고 애달파 가엾어 울 수밖에 도리가 없었다.

온전히 3일을 빈소를 지키다가 장례식을 마치고 화장실에 들어가 1시간 20분 만에 한 줌의 재로 만들어 선산에 아버지 산소 옆을 파고 묻어 드리고 합장해드렸다.

팔남매 형제자매들이 한마음 한뜻이 되어 삼우제까지 잘 치루고 양가 부모님이 안 계시더라도 잘 지내자는 굳은 맹세를 하고 각자 일상생활로 돌아가자며 헤어졌다.

엄마의 영혼을 좋은 곳으로 보내드리자는 의미에서 49일 동안만이라도 빈소를 차리고 기도를 해 드리자고 팔남매 형제자매가 의논했었다.

그리고 난 왼쪽 손목 한쪽 뼈가 길어 오랜 세월 통증이 있어 그 통증에서 해방되기 위해 어깨수술을 한 지 5개월 만에 또 뼈를 6mm 잘라내는 수술을 4시간에 걸쳐 했었다.

팔 한쪽을 깁스를 해서도 일주일마다 엄마의 빈소에 제사를 지낸다 하기에 한 번쯤 참석하고 싶었다. 그래서 매주 금요일마다 두 여동생이 차를 가지고 다니기에 나 좀 태워서 같이 가자 하니 어느 날 "언니, 우리 집으로 아침 7시까지 와" 하는 문자가 왔다.

참으로 기가 차고 섭섭하기가 어디에다 말로 다 할 수가 없었다. 수술을 연장 2번이나 해 있어도 병문안 한 번을 안온 형편에 나이 50을 코앞에 두고 있는 동생들이 철이 없어서, 뭘 몰라서라고 생각하기엔 너무나 안타까웠다. 몸 성하고 차 가진 저희들이 우리 집으로 와서 나를 태우고 갔다가 우리 집까지 데려다 주고 가야 하는 게 옳지 않은가? 내가 이 팔을 해 가지고 자기네들 집까지 버스로, 택시로 가야 옳은가? 머릿속이 너무 복잡하고 쑤셔가며 아팠다.

그래서 나도 문자를 보냈다. "너네끼리 다녀와라. 내가 너네에게 짐이 되는 거 같다." "언니, 우리 차가 아니라서 난 모르겠네. 셋째언니에게 물어봐" 하는 문자가 다시 왔다.

자기네 친정동네 아줌마가 같이 가자 해도 그러지는 않겠다 하는 생각에 엄마 빈소에 가는 걸 포기하고 49일 동안에 제 지내는 데 한 번을 참석 못했다. 4월 초파일 부처님 오신 날에 엄마의 49제를 엄숙히 잘 지내 드리고 각자 일상생활로 돌아갔다.

어깨수술 5개월, 또 3달을 깁스한 팔로 거의 1년이란 세월 속에 팔남매 형제가 그 누구도 한 번을 들여다보지 않는데 형제자매가 무슨 소용이 있을까? 고아같이 60년을 살아왔는데 하며 곰곰이 생각을 해 봐도 도저히 난 냉수에 기름 같이 팔남매 형제 속에 어울릴 수 없다는 것을 새삼 뼈저리게 느꼈다.

인간은 항상 따뜻하게 데워진 애정의 혈관처럼 서로 거미줄처럼 이어져 있는 지극히 가까운 관계라 생각한다.

오늘도 언제나 변함없이 새벽 3시면 곤히 자는 남편을 깨운 다음 침대에 앉으면 메리야스부터 윗옷을 입혀 주고 양말을 신겨 준다. 그러면 남편은 목욕탕에 가서 세수하고 나머지 옷을 챙겨 입고 거실로 나온다. 그리고 탁자 위에 가지런히 챙겨둔 담배, 라이터, 지갑, 핸드폰, 혈압약 등 소지품을 이 주머니, 저 주머니에 다 집어넣고 토마토 주스 한 잔을 마신 후 신발 신는 것까지 도와주면 내가 한 시간 더 일찍 일어나 준비해 둔 두 끼의 도시락을 들고 일터로 나간다.

부부란 일심동체라는데 남편이 소나기같이 쏟아지는 잠을 냉정히 뿌리치고 일하러 나가는데 마음 편히 잠자리에 다시 들어갈 수가 없어서 이런저런 일을 하거나 컴퓨터 앞에 앉아 이것저것 찾아본다. 그러다 보면 햇살이 창문에 환하게 퍼지는 것을 느낀다.

창문을 열고 맑고 높은 하늘을 올려다본다. 이른 아침 맑은 하늘은 양쪽에서 잡아당긴 듯 팽팽하고 신선한 공기는 가슴팍을 바쁘게 들락거린다.

있었는지 없었는지도 모를 전생을 원망하거나 운이 없는 자신을 탓하다 보면 얻는 것은 하늘이 꺼질 듯한 깊은 한숨이요, 느는 것은 쪼

글쪼글한 잔주름이요, 찌는 것은 사는 게 무엇인지 허겁지겁 먹어치운 음식들 때문에 남편이나 나나 풍성해진 살들이다.

언제부터인가부터 남편과 나는 서로가 앞길에 주어진 운명이라 생각하고 주어진 운명 앞에 반항하거나 방황하지 않으며 최선을 다해 아껴 주고 사랑하려고 열심히 노력한다.

오늘도 하루를 마무리하고 저녁에 텔레비전 앞에 앉아서 세월 앞에 장사 없다고 흰 머리 가득하고 잔주름 많은 모습을 서로 곁눈질해가며 마음아파 한다. 여생이나마 잘 지내보자는 눈길만이 간절하고 애잔하다.

지난날을 되돌아보면 아득히 첩첩 쌓인 높고 낮은 산, 저 고개를 저 산허리를 어떻게 헤치고 살아 왔을까 싶다. 삶에 있어 많은 걸 극복하고 인내해야만 했던 지난날을 옛날 부잣집 창고에 쌀가마니 차곡차곡 쌓듯이 말없이 가슴속에 차곡차곡 쌓아두고 죽어 무덤까지 가져가야만 한다 하니 너무나 한이 될 것 같았다. 여기저기 많은 상처 받은 자리에 염증이 생기고, 곪아서 고름을 짜내고 치유되기를 바라는 마음에서 더 늦기 전에 난 한 권의 책을 만들기 위해 시원한 바람을 일으키는 선풍기 날개처럼 몸부림치고 있다.

시간은 한 번 지나가면 다시 돌아오지 않는다. 그것은 눈앞에서 조용히 지나가지만 우리는 그 어떤 방법으로도 잡을 수 없다. 그저 가만히 앉아 시간이 마음의 강 저편으로 흘러가는 소리를 들을 수밖에 없다. 노환으로 나빠진 시력, 한없는 고마움을 느끼는 돋보기의 힘을 빌려 독수리 타법으로 주옥같이 한 자 한 자 조심스레 타자를 치다 보니 어느덧 이 새벽도 환하게 밝아온다.

돋보기도 오래 끼고 이 글을 쓸 수가 없었다. 머리가 아프고 속이 메슥거려서 틈나는 대로 마음이 이끌리는 대로 몇 줄씩 써서 차곡차곡 모아야만 하는 나. 가난한 살림에 돈을 저축하는 마음이었다. 삶이 다할 때까지 끝끝내 버티며 뿌리박기 위해 모질고 끈질긴 들풀 같이 살아야 한다고 생각하니 앞날이 가물가물 희미하게만 느껴진다.

어깨 수술 후 마취에서 깨어나 아픔이 밀물같이 밀려오는 데도 번개같이 생각나는 사람이 남편이었다. 제일 먼저 생각나는 사람이 미우나 고우나 나의 생모인 엄마일 수도, 내가 좋아하는 외손자나 딸일 수도 있을 텐데 나 자신도 놀랐다. 결국 우리 부부는 미움의 미운정과, 사랑의 고운 감정이 동전의 양면임을 알게 되고, 달력의 마지막 한 장 남은 것 같은 생을 묵묵히 살아가게 될 거라 생각한다. 깊은 밤 혼자 깨어 있는 적막한 시간에 마음 깊은 곳에서 영혼의 갈채 소리를 들을 수 있다면 그것이야말로 참 좋은 인생일 것이라 생각한다.

나에겐 남편에게 간절한 소망이 하나 있다. 비포장도로 발길에 차이는 아주 작은 돌 같은 바람. 언제나 한마디 대꾸 없이 잘 따르는 성모 마리아상, 애완견처럼 그 어떤 말과 행동에도 무조건 순종하고 따르기만을 바라는 남편이었지만 여생은 고귀한 인연으로 만난 인생의 동반자에게 태평양 바다같이 넓고 깊은 마음으로 한 발 뒤로 물러서서 많은 걸 배려하고 존중하며 강한 철문 같은 마음의 문을 활짝 열고 내 말에 귀 기울여 주고, 원만하게 대화할 수 있었으면 하는 것이다.

현생이 다하고 죽어서 다시 사람으로 환생해 후생의 새로운 삶이 내게 주어진다면 비 오면 비가 새고, 눈 오면 눈 들어오고, 바람 불면 금방 다 쓰러져가는 오두막집에서 꽁보리밥에 나물만 먹고 사는 소박한 삶이라도, 들녘에 핀 들국화 은은한 향기처럼, 사시사철 그 무엇에도 변함없는 푸른 잎을 지닌 소나무처럼 나보다 더 상대를 먼저 배려할 줄 아는 넉넉한 사람을 만나고 싶다.

내 인생의 소박한 봄은 언제 오려나? 가느다랗게 기대해 본다.